Friedrich Karl Waechter

Die letzten Dinge

in 77 Stücken

Diogenes

Die Erstausgabe
erschien 1992 im Verlag der Autoren,
Frankfurt am Main

Umschlagzeichnung von
F. K. Waechter

Veröffentlicht als Diogenes Taschenbuch, 2008

Diogenes Verlag AG Zürich
www.diogenes.ch
50/08/36/1
ISBN 978 3 257 23683 5

Inhalt

Diogenes Taschenbuch 23683

ALLER ANFANG

Vorhang auf

Der Vorhang geht auf. Ein Clown starrt erschrocken ins Publikum. Er sieht an seinen Seiten die Vorhanghälften sich von ihm entfernen und rudert hilflos mit den Armen. Das bringt seinen Körper in Schwung. Er gerät ins Hüpfen. Er hüpft der einen Vorhanghälfte hinterher und packt sie beim Zipfel. Er wirbelt mit ihr in der Faust der anderen Vorhanghälfte hinterher. Er kann auch sie noch packen. Nun will er beide Hälften wieder vor sich schließen. Doch die Vorhang-auf-Mechanik ist stark. Sie ist nicht so stark wie sein Wille, sich vor den Blicken der Zuschauer zu verbergen. Aber sie ist stärker als sein weicher Körper. Der zerreißt. Die eine Hälfte des Clowns wird nun nach links und die andere nach rechts von der Bühne gezogen. Sein Blut fließt über die Rampe.

Luzi
Ein Stück für eine Schauspielerin und eine Trommlerin

Ein Raum für wissenschaftliche Vorträge einer Psychiatrischen Anstalt. Auf einer Wandtafel steht mit Kreide PSYCH. FAK. PROF. DR. WURMSER geschrieben. Vreni kommt rückwärts durch eine Tür. Luzi folgt ihr mit verbundenen Augen. Vreni trommelt dem Publikum ein, sich still zu verhalten. Sie trampelt lauter, um Geräusche aus dem Publikum und den Schlüssel zu übertönen, mit dem sie den Vortragsraum verschließt.

LUZI Gleich hab ich dich. Gleich, gleich, gleich, gleich.
Endlich läßt Vreni sich fangen.
Wo bin ich?
Wo hast du mich wieder hingeführt?
Ich soll es nicht wissen?
Vreni trommelt Antwort.
Was willst du? Schon wieder?
Vreni trommelt begeistert Zustimmung.
Kriegst nicht genug davon?
Vreni trommelt begeistert Zustimmung.
Aber ich will dich doch sehen dabei.
Vreni trommelt Protest.
Ich soll dich nicht sehen? Einfälle hast du! Also gut.
Vreni trommelt Begeisterung.
Am Anfang machten wir Himmel und Erd. Wir schwebten auf dem Gewässer und liebten uns. Und immer noch mehr. Und machten Gräser und Kräuter und Bäum. Wir machten. Wir machten Fisch für das Wasser und Würm für den Schlamm. Und machten all

– all, all das Getier auf der Erd. Und Walfisch und Dachse und runde Pferde im Nil.

Luzi nimmt das Publikum wahr und reißt sich das Blinde-Kuh-Tuch vom Kopf. Vreni trampelt ihren Zorn gegen das Publikum und trommelt beruhigend Luzis Leib. Luzi läßt sich nicht beruhigen.

LUZI Du hast mich betrogen. Du hast mich betrogen. Du hast mich betrogen. *Zum Publikum.* Entschuldigen Sie. Aber. Ich kann nicht. Nicht anders. *Luzi flieht.* Laß mich! Du sollst mich lassen! Vreni! Was soll das? *Luzi rollt sich an der verschlossenen Tür zusammen wie ein Igel. Vreni trommelt den Raum, versucht Luzi davon zu überzeugen, daß der Raum gut ist, weil er gut klingt. Vreni versucht, Luzi die Furcht aus dem Leib zu trommeln. Luzi bleibt eingeigelt.*

Was willst du von mir?

Vreni trommelt Stärke und Zuversicht.

Aber ich kann es nicht.

Vreni trommelt unbeirrt.

Ich kann es nur dir allein, weil du allein glaubst, was ich dir sag. Nur du. Nicht die da.

Vreni trommelt unbeirrt.

Wer sind die?

Vreni geht zur Wandtafel und malt mit Kreide einen Kreis um PSYCH. FAK. PROF. DR. WURMSER. Es klingt fürchterlich. Luzi verkriecht sich nur noch mehr in ihren Igel. Vreni versucht mit der Kreide wohlklingender umzugehen. Sie schreibt: Das Gras Der Wind Franz. Sie holt einen Brief vor. Sie läßt sich zu Boden und igelt sich ein wie Luzi. Sie legt sich den Brief auf den Rücken. Lange Zeit ist es still. Zum Publikum.

Entschuldigen Sie.

Luzi liest, was Vreni geschrieben hat. Sie läßt sich zu ihr hinab und flüstert immer lauter.

Einmal heraus. Einmal. Wo das Gras ist und die alten Bäum. Das Gras raschelt im Wind. Der weht durch die Haar. Franz kommt und holt uns heraus.
Vreni rührt sich nicht. Zum Publikum. Entschuldigen Sie. *Zu Vreni.* Einmal heraus. Einmal. Wo das Gras ist und die alten Bäum. Das Gras raschelt im Wind. Der weht durch die Haar. Franz kommt und holt uns heraus. Ich will tun, was du willst. Ich will es ihnen sagen. Ich will ihnen den Brief geben, damit sie ihn Franz geben. Der hat breite Schultern. Der holt uns hier raus.
Vreni rührt sich nicht. Luzi wendet sich dem Publikum zu, vor dem sie Angst hat.
Sehr geehrter Herr Professor Dr. Wurmser, sehr geehrte Damen und Herren von der Psychologischen Fakultät! Liebe Menschen von draußen! Ich sag es euch. Und ist auch keiner, der glaubt, was ich sag, so hört doch genau! So hört doch, daß gut ist, was ich sag! Und daß es nicht zu viel ist, dafür dem Franz den Brief zu bringen. Der Franz ist stark und weiß, daß wahr ist, was ich sag, und holt uns fort von hier, wo wir gefangen sind. Darum sag ich es – sag ich es – jetzt!
Vreni beginnt leise zu trommeln.
Und ist keiner, der glaubt, was ich sag, so ist doch Vreni da und glaubt, was ich sag. Sonst könnt ich es doch gar nicht sagen. *Vreni trommelt einen klaren mutmachenden Rhythmus.* Am Anfang machten wir Himmel und Erd. Wir schwebten auf dem Gewässer und liebten uns. Und immer noch mehr. Und machten Gräser und Kräuter und Bäum. Wir machten. Wir machten Fisch für das Wasser und Würm für den Schlamm. Und machten all – all, all das Getier auf der Erd. Und Walfisch und Dachse und runde Pferde im Nil. Und machten Vögel und Bien für die Luft. Und rieben die Schwein ihr Fell aneinander, fühlten wir es

mit unserer Haut. Und all das Getier mehrte sich. Und unser Lieb mehrte sich. Mit jedem Kindstier mehrte sich unser Lieb. Die Panther hatten Kindspanther, die Hyänen hatten Kindshyänen, die Spatzen hatten Kindsspatzen, die Fisch hatten auch. Alle hatten, und wir wollten auch und machten uns Kindsgötter, und machten ihnen einen Garten, daß sie darin spielten. Sie waren schön wie wir und spielten – *Vreni kratzt einen unangenehmen Ton* – aber – aber anders spielten sie. Was war das, daß sie nach unserm Bild waren und waren doch wie Getier? Aus Kindskäfern wurden Käfer, aus Kindslöwen Löwen, aber aus unseren Kindern wurden nicht Götter. Was war das? Sie hatten unsere Kraft nicht zu lieben und zu wirken. Warum? Zebbet hat es nicht gewollt. Warum, Zebbet? Warum? Bald sah ich Hasen lieber hoppeln, sah Schweine lieber fressen, und Ochsen lieber saufen, als meine Kinder – waren das denn meine –? Sie aßen Frücht gern. Da hab ich jedem Kind ein Baum gemacht und hab die Bäum mitten im Garten gemacht mit schönem Blattwerk und Früchten so süß, davon hatte der eine welche, die waren, daß wer sie aß, erkannte, wer er war und auch die Lieb, und was der Lieb Feind ist. Der andere hatte Früchte so süß, die gaben ewig Leben. Sie sollten davon essen, und richtig werden wie wir. Richtig wie Zebbet und richtig wie Luzifa. Das ist mein Nam. Doch schlimmer Schreck! Er, Zebbet nannte alle gut, nur meine Früchte nicht. Nur meine nicht, geehrte Damen und geehrte Herren, ist das denn zu verstehen? Nur meine nannt er schlecht. Und Zebbets Stimme schallte durch den Garten.

Als Zebbet. Ihr sollt von allen essen, nur von denen nicht. Eßt ihr von denen, sollt ihr Todes sterben.

Ach, eßt doch, daß ihr richtig werdet. Sie sind süß. Sie schmecken, warum eßt ihr nicht?
Als Zebbet. Eßt ihr von denen, sollt ihr Todes sterben.
Ach, warum?
Als Zebbet. Es soll nicht ander Götter geben neben uns.
Nicht ander? Nicht? Verdient denn unser Lieb nicht auch ein wahrhaft Ebenbild? Ist unser Lieb geringer als vom Salamander? Dem ist ein wahrhaft Ebenbild vergönnt.
Als Zebbet. Es soll nicht ander Götter geben neben uns.
Da ging ich aus der Sonn in die Dämmrung, versteckt mich im Gesträuch. Und durch den Garten blies ein Wind und blies die Schatten lang. Das Gras erzitterte. Ich war wie Gras. So fanden mich Adamm und Ev und schauten auf mich und schauten wie zwei Lämmerschaf. Da stellt ich mich zu ihnen auf und sprach: Adamm und Ev, eßt nicht von den Früchten, die ich für euch gemacht hab, oder ihr werdet wie die, die euch gemacht haben, die wissen, wer sie sind, die wissen, was die Lieb ist, und wissen, was der Lieb Feind ist. Die Wort, die waren ihnen wie das Abendlicht und waren nicht zum Begreifen. Und rochen süß nach Lieb und waren gut zum Essen. Ach, hätten sie vor Abend noch von beiden Bäum gegessen! Es hätte alles können werden. Ach, vor Abend noch, bevor sie Zebbet fand und sie verjagte aus dem Garten und Cherubim stellte mit dem hauenden Schwert vor den Baum des ewigen Lebens. Zebbet zürnte, daß der Himmel lohte und fluchte Schlange mich. Ich kroch zum Rand des Himmels. Zebbet! Ach! Und Tränen türmten sich am Rand. Die Lieb. Die Lieb. Er hatte sie aus seinem Leib gerissen! Nun sah er, seine unvollkommnen Kinder hatten noch davon. Das weckte Unmut, machte krank

und stachelte den Zorn. So steht es auch in eurem schwarzen Buch geschrieben. *Sie holt eine Bibel hervor.* Das ist nur die halbe Wahrheit. Als hätte Zebbet Erd und Himmel ohne Luzifa gemacht. Doch wahr ist dies:
Sie liest. Da sich aber die Menschen begannen zu mehren auf Erden, und ihnen Töchter geboren wurden, da sahen die Kinder Gottes nach den Töchtern der Menschen, wie sie schön waren und nahmen zu Weibern, welche sie wollten. Da sprach der Herr: Die Menschen wollen sich von meinem Geist nicht mehr strafen lassen; denn sie sind Fleisch. Ich will die Menschen, die ich geschaffen habe, vertilgen von der Erde, vom Menschen an bis auf das Vieh und bis auf das Gewürm und bis auf die Vögel unter dem Himmel; denn es reut mich, daß ich sie gemacht habe. Da sah Gott auf die Erde, und siehe, sie war verderbt; denn alles Fleisch hatte seinen Weg verderbt auf Erden. Da sprach Gott zu Noah: Alles Fleisches Ende ist vor mich gekommen; denn die Erde ist voll Frevels von ihnen; und siehe da, ich will sie verderben mit der Erde. Denn siehe, ich will eine Sintflut mit Wasser kommen lassen auf Erden, zu verderben alles Fleisch, darin ein lebendiger Odem ist, unter dem Himmel. Alles was auf Erden ist, soll untergehen.«
Untergehen alles – was mit Lieb gemacht – soll untergehn, ersaufen, – totgeschlagen hat er es mit meinem Tränenberg. Mit meinen Tränen hat er es begraben, der Alleinige. Alleine schwebten wir nun wieder auf den Wassern wie am Anfang. Nur die Lieb war fort, war tot und in der Tränenflut ertrunken. Ich sah nach ihm und sah, daß er nach mir nicht sah und sah, daß er aufs Wasser sah, und sah auf meinen Tränen einen Kasten schwimmen, der war gefüllt mit Mensch und Tier.

Er saß und sah auf diesen Kasten hin. Und ließ sich diesen Kasten zur genüge sein. Der Menschen Wege zu verfolgen war Zebbets neuer Zeitvertreib. Vergessen krümmt ich mich am Himmelsrand. Fleisch, Fleisch, für immer leergeweintes Fleisch.
Das ging, bis ich mich mehr und mehr vergaß und mich zusammenzog und schrumpfte an meinem eisig hohen Himmel und wurde hart und kalt wie Stein, zu schwer zum Schweben, also fiel ich. Vielleicht auch spürt ich in den Eiseshöhen den warmen Dunst der Erde zu mir steigen, wo unvollkommen und vergänglich Lieb noch war. Vielleicht wollt ich nur länger nicht mehr frieren. Vielleicht auch hatten alle Tränen mir mein Ich zum Leib heraus zur Erd gespült, wo es in Sand und Stein versickert war. Dort fiel ich hin, mein Fortgespültes aufzuspürn und mein Versickertes zu fassen. Aah! Der Winter war vorbei. Am Erdgrund lag mein Leib. Die Sonn erschien. Ein Wind strich über meine Haut und spielte mit meinem Haar. Ich atmete und wuchs und hörte Gräser wispern und hörte Vögel singen und das Murmeln eines Bachs. Es roch nach trocknem Laub, nach Erd und Holz von alten Bäum, nach frühen Tagen. Die Lieb, die ich verströmte, als ich Bäum und Gräser machte, floß zurück zu mir aus Bäum und Gräsern, floß zurück zu mir. Aus allem, was ich einmal machte, sah und roch und hörte ich die Lieb. Die silbergrauen Bäum, die blassen Gräser waren gut und raschelten und raunten mir vom schönen Anfang, hielten weich und trocken warm umhüllt mich wie ein Nest das frisch geschlüpfte Vogelkind. Falter tanzten, zwischen Büschen blinzelte ein Mann auf einem Motorrad in schwarzer Lederkleidung, sah sich nach mir um und lachte. *Vreni trommelt Protest*. Vorbei am Kauer ging ich zu ihm, klopfte ihm

auf seinen Silberhelm und sagte. *Luzi schweigt irritiert. Auch Vreni schweigt. Luzi versucht aufs neue:* Ein Mann auf einem Motorrad in schwarzer Lederkleidung. *Vreni trommelt erneut Protest. Wieder Schweigen. Luzi besinnt sich, spricht leise und zaghaft.*
Die silbergrauen Bäum, die blassen Gräser waren gut und raschelten und raunten mir vom schönen Anfang, hielten weich und trocken warm umhüllt mich wie ein Nest das frisch geschlüpfte Vogelkind. Die Vögel sangen, Falter tanzten, zwischen Büschen blinzelte der Bach mit Sonnenlicht – *Vreni entspannt sich. Luzi hat den Faden wieder, spricht erleichtert weiter* – und murmelte von Lieb und gluckste. In einem Dreieck zwischen einem Weidenstamm und einer Wellblechhütte sah ich einen Menschen, richtete mich auf. Ein Wind umwehte meinen Leib, daß ich zu schweben glaubte wie an Zebbets Seit. Hin zu den Menschen zog es mich. Ich lief, und meine Haare flogen, und Gräser streichelten die Bein. Ich freute mich an meinem Körper und bog ihn hin und her und tanzte, sprang übern Bach auf einen Schotterplatz. Ein Auto fuhr vorbei. Es hupte, und die Insassen jubelten mir zu. An einem Gartenzaun hing ein geblümtes Kleid. Das hatten Wind und Regen tief in seine Latten eingedrückt. Ich riß es raus. Es klebte steif wie Holz am Zaun. Ich zog es an, damit ich menschenähnlich würde. Es fühlte warm sich an und trocken und raschelte wie Schlangenhaut und roch nach lang verdorrten Blumen. Schotter knirschte unter meinen Füßen. Schräg übern Fluß ging eine Eisenbrück. Vier Jungen warfen Stein ins braune Wasser. Dahin ging ich. Vier mal Zebbets Ebenbild. Sie lachten frech und voller Neugier zu dem Menschenmädchen, das vorüberging im Lumpenkleid

die Teerchaussee hinauf. Ummauerte Fabriken. An einem Stoppschild stand ein Mann und kaute und stellte sich mir kauend in den Weg. Aus vielen Fenstern schauten Augen, nachdem mich Ewigkeiten niemand sah, so viele Schauer. Hoch am Himmel schaute Zebbet und konnte seinen Blick nicht von mir lassen. Hah! Ein Mann auf einem Motorrad in schwarzer Lederkleidung sah sich nach mir um und lachte. Vorbei am Kauer ging ich zu ihm, klopfte ihm auf seinen Silberhelm und sagte: Ich heiße Luzifa und bin seit drei Minuten auf der Erde. *Als Franz auf seinem Motorrad.* Ich heiße Franz und bin in sechs Sekunn auf Hundert. Ich schwang mich hinter ihn aufs Motorrad. Wir donnerten zum Fluß zurück. Die Jungen auf der Brücke winkten, Schotter spritzte. Ich hielt den schwarzen Mann im Arm und sah am Himmel Zebbets Augen. Wir hielten dicht an einem Rummelplatz. *Vreni trommelt begeistert Rummelplatzlärm.* Hereinspaziert! Damen und Herren! Da lacht das Herz! Diese Preise sind kein Scherz! So ein Tag, so wunderschön wie heute, so ein Tag, der sollte nie – Prost, Prost, Kamerad – Und immer wieder einsteigen und gewinnen, meine Damen und – Mark, Mark, Mark, Mark! – Das muß man erlebt haben! Das muß man gesehen haben! Banane, Banane, Banane. *Singt.*

Laß mich bitte nicht alleine, Marc Antonio,
denn du findest niemals eine so wie mich,
denn mein Herz ist nicht zum wandern,
[Marc Antonio,
denn ich liebe keinen andern so wie dich.

Da bleibt kein Auge trocken. Dabeisein und mitmachen, meine Damen und Herren! Dabeisein, wo das Glück lacht! Hier geht es rund! Hier ist was los! Und nun auf ganz speziellen Wunsch: Kaspar Krauses Rin-

gelspiel mit großer Höllenfahrt. Hoddeldikoddeldi Kokusnöt! Allens saftig, allens söt! Nachhause, nachhause, nachhause gehn wir nicht – Hol dir die Super-, Super-, Super-Riesenmaus! – Hereinspaziert! Und auf gehts! Neue Runde, neues Glück! Damen und Herren! Immer wieder auf und nieder.
Wir taumelten in eine Geisterbahn in Finsternis und Höllenlärm. Ich klebte wie mein Kleid am Zaun an Franz. Wir küßten uns und sanken tiefer und wurden Franzluzi und Luzifranz. Die Liebe. Ihre irdische Gestalt: Ich war verwandelt. War nicht mehr die Göttin Luzifa, war Luzi, eins von meinen Kindeskindern, sterblich, war gefallen und nicht mehr allein, war Mensch und sah durch einen Spalt im Zelt der Geisterbahn Zebbet vom Himmel niederfahren und in die höchste Gondel seines Riesenrads. Wir krochen in den Tag zurück. Die Menschen kreischten.
Kreischt. Ein nackter Mann! Im Riesenrad! Ein Irrer! Hilfe! Polizei! Fort, fort! Franz, komm fort von hier. Ich will mit dir alleine sein.
Wir klammerten uns aneinander, schoben uns durch Menschen, Buden, Jahrmarktswagen, endlich freies Feld. Im Schutze eines Dornenbuschs versuchte Franz, sich eine Zigarette anzuzünden. Doch der Wind ließ das nicht zu, blies jede Streichholzflamme aus, wie sehr wir sie auch mit den Händen schützten, bis aus den Dornen eine Hand an einem nackten Arm wuchs. Die gab Franz Feuer. Jeder Wind stand still. Der Schrecken trieb uns übers Feld vom Zauberdorn zum Motorrad. Franz trat den Starter durch, der Motor schwieg. Franz wütete, versteckte hinter groben Flüchen seine Angst. Da kam ein nacktes Bein und trat aufs Startpedal. Der Motor brummte augenblicklich, voller Panik donnerten wir fort. Wo fährst du hin?

Als Franz. Wohin du willst. Weit fort.
Weit fort, wo keine nackten Männer sind. Wir brausten aus der Sonn in Dämmrung. Wind blies alle Schatten lang. Ich war wie Gras auf dem Motorrad. Es begann zu regnen. EDEN-NIGHT-CLUB leuchtete am dunkelgrauen Himmel. Franz hielt an. Wir stiegen eine Treppe hoch. Wir klopften gegen eine Tür. Die Tür bekam zwei kalte Augen, einen Mund.
Als Portier. Bedaure. Nicht in dem Aufzug, meine Herrschaften. Doch eh die Augen sich verdrückten, war hinter uns die Stimme Zebbets:
Als Zebbet. Lasset sie ein; denn dieses sind meine Gäste. Ich habe meinen Tisch für sie bestellt.
Die Tür ging augenblicklich auf.
Als Portier. Ich wünsche einen guten Abend, Fürst, und viel Vergnügen, Fürst. Wie geht es Ihnen heute?
Als Zebbet. Ich danke. Bestens. Und wie geht es Ihnen?
Als Portier. Es könnt nicht besser gehen, Fürst.
Als Zebbet. Das hört man gern.
Der Fürst nahm mich in seinen linken, und Franz in seinen rechten Arm. Er führte uns auf dunkelrotem Samet durch Musik und Duft und Stimmgewirr und Rauch an einer Frau vorbei, die sich aus einer Schlangenhaut zu süßen Tönen pellte, zu seinem Tische hin. Wir setzten uns. In einer Spiegelwand sah ich uns drei: in stolzer würdevoller Nacktheit Zebbet, daneben Franz verstört und bleich in schwarzer Motorradmontur, und ich in meinem Lumpenkleid, das Haar zerzaust von der Motorradfahrt im Regen. Er sah mich an, und zupfte einem Kellner sein weißes Tuch vom Arm.
Als Zebbet. Ober, Sie gestatten?

Und rieb mein Haar mit jenem Tuch und blies es an, daß es sich weich und wunderbar auf meine Schultern legte, und dankte lachend dem erstaunten Kellner, der uns sodann vom Besten aus dem Aktuellen EDEN-Angebot servierte. Franz, sah ich, war nicht wohl in seiner Haut. Und trotzdem lachte er und speiste, was er vom Namen her nicht kannte, und spülte mit Champagner seinen Schrecken fort. Mir gings nicht anders. Die Musik, ein süßer Taumel. Schweben zwischen ihm und Franz am Himmel schneller schweben schneller ich an Franz geklammert schneller laß mich bitte nicht alleine Marc Antonio hatten ihn bald abgehängt in acht Sekunn auf Hundert denn du findest niemals eine so wie mich umschlungen eng und fest und immer schneller denn mein Herz ist nicht zum wandern Marc Antonio denn ich liebe keinen andern so wie dich wir sinken tief zur Erde Sonnenlicht mein Landeplatz mein Nest aus blassem Gras und silbergrauen Bäumen Franz und Tränen fließen wieder Bäume rauschen und der Bach und Lachen Lieben Lachen Lieben Lachen Geister Gräser werden Spinnweb Bäume Knochenmänner dröhnen mit der Stimme Zebbets.

Als Zebbet. Luzifa.

Ich reiß die Augen auf und habe Zebbet über mir.

Als Zebbet. Ich war verblendet, Luzifa. Vergib mir.

Ich will los und kann nicht. Er liegt schwer, er liebt mit ungeheurer Wut, so wie ein Gott, der sich die Lieb fünftausend Jahr verboten hatte. Hilf mir, Franz!

Als Zebbet. O, Luzifa! Ich hatt die Lieb vergessen über unserm Werk. Ich will dich wieder, Luzifa!

Ich nicht! So hilf doch, Franz!

Als Zebbet. Dich lieben, Luzifa! Dich lieben!

Nein! Ich liebe dich nicht mehr, nicht mehr, nicht mehr, nicht mehr. Ach, endlich hört er.

Als Zebbet. Was sagst du?
Du wolltest Kinder nicht wie wir. Jetzt sind wir selbst wie diese Kinder, sterblich, und haben unsre Kraft nicht mehr zu lieben und zu wirken.
Als Zebbet. Wir sind die Götter, Luzifa. Der Himmel wartet. Er ist leer. Komm, komm.
Warst du so blind vor Eifersucht, daß du nicht sahst, wie wir uns liebten? Franz und ich im Zelt der Geisterbahn? Warst du so blind? Der große Menschenschauer hatt' es nicht gesehen. Ich habe Franz geliebt und liebe ihn noch heut.
Es klopft.
Wer ist da?
Zimmerkellner öffnen und rollen uns den Frühstückstisch herein.
Als Zimmerkellner. Zweimal Champagner-Austern-Frühstück, bittesehr. Die Kellner gehen, Zebbet greift den Tisch und schleudert ihn nach mir.
Als Zebbet. Wir Götter sterblich? Wegen eines Franzes?!
Er tobt und poltert wie ein kleiner, dummer Mann, bis Polizei erscheint. Hier endet die Geschicht. Mehr weiß ich nicht. Ich bin seither in diese Mauern eingesperrt. Ich will den Franz. Der ist in dieser Stadt. Hier ist der Brief für ihn. Ich geb ihn euch. Er wohnt bei euch. Ihr gebt ihn Franz. Ich danke euch! Ich danke euch so sehr, ihr lieben Menschen.
Luzi wirft den Brief über die Rampe in den Zuschauerraum, umarmt Vreni und flüstert ihr zu. Wir sind gerettet Vreni! Franz hat breite Schultern, Vreni. Franz wird kommen, holt uns weg von hier, wo wir gefangen sind, holt uns heraus zu den Menschen hin, hin zu den Menschen, wo die Lieb noch ist.

UNTER UNGEBORENEN

ERSTER UNGEBORENER Noch gibt es nichts, was wir nicht wissen.
ZWEITER UNGEBORENER Nichts.
ERSTER UNGEBORENER Wenns doch so bleiben könnte.
ZWEITER UNGEBORENER Frommer Wunsch.
ERSTER UNGEBORENER Doch weil wir alles wissen, wissen wir auch, daß alles Wissen von uns fällt.
ZWEITER UNGEBORENER Wie ein Apfel vom Pferd.
ERSTER UNGEBORENER Nichts bleibt.
ZWEITER UNGEBORENER Aber davon jede Menge.
ERSTER UNGEBORENER Jede Menge Nichts.
ZWEITER UNGEBORENER Bei frisch Geborenen ist noch erkennbar, daß sie alles wußten.
ERSTER UNGEBORENER Ja, an ihren Augen.
ZWEITER UNGEBORENER Doch schon nach zwei, drei Tagen –
ERSTER UNGEBORENER – alles weg! Nichts mehr. Nichts.
ZWEITER UNGEBORENER Noch sind unsere Mütter nicht geboren.
ERSTER UNGEBORENER Doch eh wir uns versehen, krabbeln sie schon durch den Sand.
ZWEITER UNGEBORENER Und eh wir uns versehen, wackeln sie schon mit den Hintern.
ERSTER UNGEBORENER Daß unsere Väter sich nach ihnen umschauen.
ZWEITER UNGEBORENER Noch sind sie Jungfrauen.
ERSTER UNGEBORENER Aber schon sind sie keine mehr.

ZWEITER UNGEBORENER Schon müssen wir in ihre engen Bäuche.

ERSTER UNGEBORENER Wo schon das meiste Wissen schwindet, keinen Raum mehr hat.

ZWEITER UNGEBORENER Und wir vergessen.

ERSTER UUNGEBORENER Und was noch bleibt, verlieren wir bei der Geburt.

ZWEITER UNGEBORENER Das letzte Wissen lassen wir dabei zurück.

ERSTER UNGEBORENER Es bleibt im engen Muttermunde hängen.

ZWEITER UNGEBORENER Wir kommen da nicht durch, wenn wir auch nur ein letztes bißchen retten wollen

ERSTER UNGEBORENER Keine Chance.

ZWEITER UNGEBORENER Krepieren oder doof auf die Welt.

ERSTER UNGEBORENER Das ist die Devise.

ZWEITER UNGEBORENER Nur ignorant und dumm darfst du passieren.

ERSTER UNGEBORENER Damit du dich ein Leben lang abplagen kannst für ein lächerliches bißchen Wissen.

ZWEITER UNGEBORENER Für einen Hauch von dem, was wir noch ohne Grenzen haben.

ERSTER UNGEBORENER Und das nur für den Spaß der Allwissenden.

Kopf hoch Mädel

Ein Mann streicht einem kleinen weinenden Mädchen über den Kopf.

Mann

Mach dir nichts draus. Ich habe früher auch oft auf den Kopf gekriegt und bin doch ein prächtiges Mannsbild geworden. Sei doch wieder froh. Kopf hoch, Mädel.

Er faßt dem Mädchen unters Kinn, hebt behutsam seinen Kopf, bis es wieder aufrecht dasitzt und sich die Tränen abwischt, um ihm dann mit aller Kraft erneut auf den Kopf zu schlagen.

In der Ackerfurche

Drei Knaben ziehen sich aus und spähen hinter einem Busch hervor.

MAX Der Acker ist voller Weiber. Sie sammeln Kartoffeln. Sie sehnen sich nach Abwechslung.
PAUL Geil.
FABIAN Häßliche Weiber.
PAUL Die häßlichen sind die schärfsten! Echt!
MAX Also nochmal: Wir laufen übern Acker. Die Weiber verlieren beim Anblick nackter Männer die Kontrolle. Greifen uns. Machens mit uns. Und nachher treffen wir uns wieder hier, und jeder erzählt haarklein wies war. O. k.?
PAUL O. k.
FABIAN Werden die nicht sehen, daß wir noch keine Männer sind?
MAX Keine Sorge. Wozu hab ich Kokosfasern und Uhu mit.
PAUL Geil. *Sie kleben sich Kokosfasern untern Bauch.*
MAX Seid ihr soweit?
PAUL Mir steht er jetzt schon.
MAX Du auch?
FABIAN O. k.
MAX Also. Auf gehts. *Sie laufen über den Acker/ durch den Zuschauerraum nach draußen. Hier könnte ein anderes Mini-Drama gespielt werden. Danach latschen Max und Paul einzeln zu ihrem Busch zurück und ziehen sich wieder an.*
PAUL Ba!
MAX Tierisch!
MAX Fabi hat wohl die Mücke gemacht, was?

PAUL Ist ihm zu heiß geworden.
MAX Der ist einfach noch nicht soweit.
PAUL Eh! Seine Klamotten liegen noch hier.
MAX Ich werd verrückt.
PAUL Da kommt er ja. *Fabian erscheint.*
MAX Na? Hats geklappt?
FABIAN Na klar.
MAX Hundertprozentige Erfolgsquote. Und wie wars?
FABIAN Klasse.
MAX Wer hätte das gedacht.
PAUL Bei mir wars auch Klasse. Ich hatte die Dicke da. Die war tierisch.
MAX Ich hatte die mit dem gelben Kopftuch. Die hat geschrien vor Lust. Und du?
FABIAN Ich? Ich hatte die da.
MAX Welche?
FABIAN Die da. Die schöne.
PAUL Echt?
MAX Mann! Wie hast du das geschafft?
PAUL Erzähl, Fabi.
MAX Laß dir doch nicht alles aus der Nase ziehen, Mann.
FABIAN O. k.
PAUL Also?
FABIAN Also, das ist bei mir so. Ich kann nicht auf so häßliche.
MAX Verstehe.
FABIAN Da hab ich geguckt, wo die schönste ist, und bin voll auf sie zu. Da hab ich so einen Stehschwanz gekriegt, daß ihr also, daß bei ihr wohl irgendeine Sicherung durchgebrannt ist. Weiß auch nicht. Jedenfalls hat sie total die Kontrolle verloren, hat mich gekrallt und, wie soll ich sagen, Flammen schlugen über uns.

PAUL Flammen?

FABIAN Na ja, mir fehlen die richtigen Worte für das, was da abging.

MAX Die Abmachung war, alles haarklein erzählen. Also?!

FABIAN Also, ich kann das nicht. Könnt ihr das? Haarklein erzählen? Sie hat mich angefaßt hier und da und so hin und hergemacht. Da bin ich irgendwie ausgeklinkt. Als ich wieder voll da war, lag ich in ner Ackerfurche, und die Schöne zog sich die Röcke hoch und sagte: »Das hat mir noch keiner gegeben«, oder son Krampf.

PAUL Mann, Mann!

MAX Ist das alles?

FABIAN Reicht das nicht?

MAX Ne, ne. So nicht. Ich wills genau wissen. Sie macht grad Kaffeepause. Komm, wir fragen die Schöne.

PAUL Au ja. *Sie gehen auf den Acker. Fabian hastet ihnen halb angezogen hinterher.*

FABIAN Seid ihr verrückt?! Eh! Wartet! Wartet doch! Ich erzähl alles haarklein –

Hans

Mutter putzt das Badezimmer. Plötzlich entdeckt sie einen Zettel am Spiegel und liest.

MUTTER Mach mich glücklich, lieber Hans! Stecke deinen steifen Schwanz in die süße Möse von deiner geilen Monika Dröse. *Mutter schreit empört.* Hans!
HANS *erscheint* Ja, Mutter?
MUTTER *hält Hans den Zettel hin* Was soll ich davon denken?
HANS Oh. *Er stürzt sich ins WC und rauscht in die Tiefe.*
MUTTER Hans!

FRÜHES DRÄNGEN

Der pubertierende Berthold schleicht in das Schlafzimmer seiner Eltern, die eine Amerikareise angetreten haben, und öffnet den Schlafzimmerschrank.

BERTHOLD
Kurz ist jedes Glück auf Erden,
lange wird es durchgeträumt,
aber heute kann noch werden,
was im letzten Jahr versäumt!
Vater hat ein Schiff genommen,
macht mit Mutter übern Teich,
also schleiche ich beklommen
zum verlassnen Schlafbereich.

Berthold zieht Dessous hervor und schiebt sie sich lustvoll unter Hemd und Hose.

Finde zarte Kostbarkeiten
wie von Gustav Klimt gemalt,
laß sie hier- und dahin gleiten,
bis ich rundlicher Gestalt.
Finde Mutters Zweitperücke
mit dem feinen Silberglanz,
sie ist eine geile Brücke
zur seriösen Eleganz.

Berthold setzt die Perücke auf und schreibt auf einen Zettel: Dr. Eva Glück Frauenärztin.

Wie ein Raumschiff die Galaxis
bang und hoffnungsprall durchrauscht,
rausch ich nun in Vaters Praxis
von der Sehnsucht aufgebauscht.

Berthold klebt seinen Zettel über das Emailleschild seines Vaters mit der Aufschrift: Dr. Kurt Miesler, prakt. Arzt.

Schlüpf in Vaters Arbeitsleinen,
überkleb das Hinweisschild
so geschickt, daß es für keinen
Herrn, jedoch für Damen gilt.
Hirngespinste, Götter, Schäume!
Heut jag ich die Seligkeit
aus dem Reiche meiner Träume
in die rauhe Wirklichkeit.
Heute triumphiert das Leben!
Heute triumphiert die Welt
der Gesänge, Weiber, Reben,
heute – *Es klingelt* – Himmel, hilf, es schellt.

Berthold drückt einen Einlaßknopf, eine junge Dame tritt ein.

Bitte legen Sie sich dorthin,
bitte machen Sie sich frei.
Was steckt hinter bloßen Worten
manchmal für ein Lustgeschrei!

Die Dame entkleidet sich und legt sich auf eine Liege.

Holder Anblick! Süße Labe!
Wenn sie nur nicht gleich entdeckt,

welch ein lustdurchtoster Knabe
in der reifen Ärztin steckt.
Würdevoll, gesetzt, besonnen
leg ich meine Rolle an,
denn die Nähe aller Wonnen
fordert einen festen Mann.
Noch fühl ich mich Herr der Lage,
wenn das Stethoskop auch bebt,
doch wie lange ist die Frage,
die sich ganz massiv erhebt.
Endlich bricht der letzte Kerker,
endlich wird sein Gitter weich,
endlich sind die Fluten stärker,
spülen mich ins Himmelreich.

Berthold kann sich nicht länger beherrschen und verliert die Perücke.

Dieses Reich scheint voller Tücke,
schon im ersten Augenblick
löst sich kreischend die Perücke,
und ich bleib entlarvt zurück.
Diese Schmach ist unerträglich,
und sie trifft mich wie ein Beil,
daß ich so geschwind wie möglich
fort und auf die Straße eil.

Berthold springt mit dem Körper einer vollschlanken Ärztin und dem Kopf eines Pubertätsschwengels durchs Fenster aus der Praxis hinaus auf die Straße, wo er sich unter die Passanten mischt und seinen Tagträumen nachhängt.

Doch die Schmach verfolgt mich weiter.
In der Fremdenlegion
schieß ich mir als Stabsgefreiter
in gehobne Position.
Finde fern von den Oasen
eine Frau, die »Wasser« schreit –
ich hin – Tatsache! Sie ist es!! Voll am verdursten! Und ich hab jede Menge Wasser dabei und Champagner! Und alles, alles wird wieder gut.

Das Zeichen

Drama in zwei Akten.

1. Akt

Der Fahrschüler Torsten wartet mit seiner Schulmappe auf die U-Bahn. Ein Musiker erzeugt U-Bahnhofs-Geräusche und Durchsagen sowie die Geräusche des fahrenden Zuges.

TORSTEN Heute hab ich es zum ersten Mal gepackt. Ein gutes Zeichen! Heute bin ich den ganzen Weg zur U-Bahn nur auf Schatten gelaufen. Zum ersten Mal! Selbst über die total sonnenbestrahlte Kreuzung Bismarckstraße, Hohenloher Ring! Ich habe den Schatten des 98er genutzt! Als er nach links wegbog, sprang ich und landete auf dem äußersten Ende vom Schatten der Dresdner Bank. Von dort hat man relativ leichtes Spiel. Wenn man die Tücken kennt. Rechtzeitiges Beschleunigen vor den Querstraßen, mit dem Sprungbein das äußerste Ende des Schattens treffen, die Balance halten auf den Schatten der Bogenlaternen. Alles lief heute. Ein gutes Zeichen! Heute wird alles klappen! Heute spreche ich sie an. Mit Erfolg. Heute bietet sie mir irgendeinen Anlaß, auf den ich einsteigen kann, macht mir irgendein deutliches Zeichen, daß ich es schaffe, sie anzusprechen. Ihr Wagen ist fast kein Problem mehr. Wenn die U-Bahn kommt, steh ich am Bahnsteig und schau gelangweilt in die Gegend. Aber in den Augenwinkeln krieg ich alles mit. Ihr Pullover hat ein einmaliges Rot. Darauf bin ich geeicht. Manchmal wimmelt es von roten Anoraks. Man darf sich dann nicht aus der Ruhe bringen lassen. Am schlimmsten ist es, wenn sie einen Sitzplatz auf der anderen Seite hat. Aber meistens ist die U-Bahn so voll, daß sie stehen muß. Das hab ich am liebsten. Einmal bin ich im Gedränge richtig gegen sie gedrückt worden. Von dem Tag an träumte ich davon, daß ich sie anspreche und sie meine Freundin wird. Ihr Pullover ist wunderschön. Er ist, glaube ich, linksrum gestrickt. Das bringt ihre Figur so zur Geltung. Es sieht so aus, als hätte sie unter dem Pullover nichts an, obwohl ich das nicht glauben kann. Ich liebe sie. Ich träume oft, wie ich mit ihr – wie ich sie liebe. Sie zieht den Pullover nicht aus. Nur alles andre. Ich habe mir immer wieder Sätze zurechtgelegt, mit denen ich sie ansprechen könnte, aber ich habe es nie geschafft. Ich steige aus. völlig erledigt, und soll dann noch zur Schule. Mathe schreiben. Oder Latein. Sie fährt weiter. In ihr Büro oder sonst wohin. Am liebsten würde ich mich vor ihre U-Bahn werfen. Sie fährt über mich hinweg und macht mich alle. Sie ist immer gleich. Ich warte darauf, daß irgendeine Kleinigkeit an ihr mal anders ist, dann würde ich sie leichter daraufhin ansprechen können, und sie würde erkennen, wie sehr und wie genau ich sie beachte. Und wenn erst mal ein Satz gefallen ist, geht es mit dem zweiten schon leichter. Oder wenn sie doch mal ein Buch in der Hand hätte oder wenigstens einen Reiseprospekt. Ich brauche irgendein deutliches Zeichen von ihr, um etwas Angemessenes, Nettes oder vielleicht sogar etwas Witziges zu ihr sagen zu können. Ich weiß auch nicht. Aber heute –! Ich habe ein sehr gutes Gefühl. Wenn ich es heute nicht schaffe, dann schaffe ich es nie. Das schwöre ich. Die U-Bahn kommt! Sie kommt, sie kommt, sie kommt, sie kommt, sie kommt, sie kommt, sie kommt!

Mit dem Rattern der einfahrenden U-Bahn rauscht in aufrecht stehender Haltung, eine Hand hoch am Haltegriff, eine junge Dame in rotem Pullover heran, Torsten besteigt ihren Wagen, die Bahn fährt weiter, er kämpft sich durchs Gedränge zu ihr heran, starrt fassungslos auf nichts als auf ihren Kragen, holt sein Portemonnaie hervor, untersucht seinen Inhalt, die U-Bahn hält, fährt wieder an, er schafft es nicht, sie anzusprechen, die U-Bahn hält ein zweites Mal, Torsten steigt aus, die U-Bahn fährt wieder an und mit ihr setzt sich die junge Dame im roten Pullover in Bewegung, Torsten wirft sich ihr mit ausgebreiteten Armen entgegen, die U-Bahn rast mit der jungen Dame über ihn hinweg.

2. Akt

Torsten liegt zermalmt auf den U-Bahngleisen, Kopf, Schulter und ein Arm sind vom Rumpf getrennt, die junge Dame im roten Pullover kommt mit einem Strauß roter Rosen wie zu einem Krankenbesuch, die Rosen gleiten ihr aus den Händen, Torstens Kopf lächelt, der jungen Dame springen Tränen aus den Augen, sie trägt den Rumpf zum Kopf, drückt ihn lange und liebevoll dagegen, daß alles wieder zusammenwachsen kann. Der Musiker spielt ergreifend von Liebe, Lust und Leid.

JUNGE DAME So sehr hast du mich geliebt?
TORSTEN *schwach* Ja.
JUNGE DAME Ich hatte ja keine Ahnung. Warum hast du nie davon gesprochen? *Torsten ist zu schwach zum antworten.* Der Morgen war immer die schönste Zeit

am Tag. Die Fahrt ins Büro mit diesem süßen, schüchternen Gymnasiasten. Ob ich in einem vorderen oder hinteren Wagen saß, immer stieg er zu mir dazu. Mein roter Pullover macht es ihm leicht, dachte ich mir. Ich traute mich nicht, zu ihm hinüberzuschauen. Wenn er sich durch die vielen grauen muffligen Fahrgäste zu mir hindurchzwängte, war es mir, als risse mir dieser hübsche junge Mann ein graues, überflüssiges Kleidungsstück nach dem anderen vom Leib, bis er endlich vor mir stand und nur noch mein roter Pullover zwischen uns war. Ich träumte oft davon, daß er mich liebte. Den Rock und den Slip riß er mir runter, aber den roten Pullover ließ er mir an und streichelte ihn, daß ich im Schlaf stöhnte und meine Mutter sich beschwerte. »Zieh doch mal was andres an«, schimpfte sie schon seit Tagen. Heute morgen riß ihr wohl die Hutschnur. »Beruhige dich«, sagte ich und zog mir die bescheuerte weiße Bluse an, die sie mir im Schlußverkauf besorgt hatte, doch kaum war ich hinter der Hausecke verschwunden, schwupp, holte ich mir meinen Roten aus der Mappe und streifte ihn mir über. Ich steige schon in Aumühle ein. Da gibt es immer noch genügend Sitzplätze, aber in Bergdorf wirds voll. Seitdem du mich einmal berührt hast, wechsele ich in Bergedorf den Wagen und stelle mich lockend rot in die dicke graue Menge, dich zu erwarten, damit es noch einmal passiert und immer wieder.

TORSTEN *schwach* Ich wußte, daß es heute klappen würde. Am frühen Morgen wußte ich es schon. Dein Zeichen war der Gipfel! 11 Mark 90! Ich war wie gelähmt vor Glück. Für 11 Mark 90! Die Frau, die ich am heißesten begehrte! Ich hatte zweiundfünfzig Mark im Portemonnaie. Viermal könnte ich sie haben, hämmerte es mir durch den Kopf. Meine Kehle war wie zugeschnürt vor Erregung. Dabei hätte ich nur ja sagen müssen, ja, ich nehme Ihr Angebot an. Ich konnte es nicht. Ich blieb stumm. Deshalb bin ich auf die Schienen gesprungen.

JUNGE DAME *kichert und pult sich das Preisschild vom Kragen ihrer Bluse* Das war das Preisschild von der Bluse.

TORSTEN Was?

JUNGE DAME Das Preisschild von der Bluse aus dem Schlußverkauf. Hier. Die 11 Mark 90 hat meine Mutter für die Bluse bezahlt. Ich habe heute morgen in der Eile vergessen, das Preisschild abzumachen.

TORSTEN Und ich hab gedacht –

JUNGE DAME Ist ja auch egal. Hauptsache, wir sind uns endlich nah gekommen.

TORSTEN Ja. Ich wußte, daß es heute klappen würde.

Der Glasbeisser

An einem Wirtshaustisch sitzt ein Paar. Er beißt ein Stück aus seinem leergetrunkenen Bierglas. Am Nachbartisch sitzen neugierig feixende Burschen.

SIE Meinethalben können Sie das ganze Bierglas aufessen, ich werde mich trotzdem nicht auf eine Liebesnacht mit Ihnen einlassen.
ER *flüstert* Nicht so laut!

Im Café

In einem Café sitzen ein Mann und eine Frau. Er stellt sich fast auf den Kopf, damit sie ihn anschaut. Endlich hat er es geschafft. Sofort reißt er sein Jackett und sein Hemd auf. Auf seiner nackten Brust steht: ICH HEISSE ERNST. KOMMEN SIE MIT MIR NACH HAUSE? Sie liest und reißt ihre Bluse auf. Zwischen ihren nackten Brüsten steht: NÖ. Er erhebt sich und geht, langt nach seinem Hut und läßt seine Hose fallen. Auf seinem Hintern steht: SCHADE.

Das hilfreiche Wort

Ein Redner tritt vor sein Publikum.

Redner Ich bitte Sie, meine Damen und Herren! Dem Beischlaf wird in unserer Gesellschaft eine viel zu große Bedeutung beigemessen. Er sollte so selbstverständlich sein wie unser tägliches Morgengebet!

DIE LIEBE IST HART

Ixypsilonzett

Ein Clownsstück für drei Clowns und einen Musiker

Ein Licht scheint auf und die Einclownkapelle spielt die Ouvertüre, bevor sie einen Wind aufheulen läßt, der wie der erste Wind erklingt, der über diese Erde wehte.
Er weht ums Zelt und wirbelt einen Stuhl in die Arena. An diesen Stuhl hält sich der dürre Zett geklammert. Zett schaut sich um und sucht nach einem Platz für seinen Stuhl und sich. Es ist ihm alles fremd.
Und die Einclownkapelle spielt dazu die zarte, zaghaft zitterige Zettmusik.

Zett hat noch große Mühe, seine Glieder zu beherrschen. Es ist, als wüßten diese über ihren Herrn nur allzugut Bescheid und würden darum bei Gefahr sich lieber einzeln und auf eigne Faust verdünnisieren. Zett prüft den Wind, den Sägespäneboden, den Geruch, die Wärme und die Augen, die aus dem Publikum heraus auf ihn gerichtet sind. Kaum hat er seinen Stuhl plaziert, schon schaut er wieder zweifelnd, prüft aufs neue, dreht und putzt und wendet ihn, nimmt Platz, schaut um sich, hoppelt mit dem Stuhl zur Seite, hoppelt immer wilder, spielt, daß der Stuhl ihm durchgeht, bringt ihn nur mit Müh zum Stehen, erhebt sich, schaut auf ihn herab wie auf ein ungezogenes Kind, rammt ihn zur Strafe in dem Boden fest, droht ihm, sich still und ruhig zu verhalten, begibt sich, ständig seinen Stuhl im Auge, ängstlich weiter auf die Suche nach dem richtigen Platze für sie beide. *Alles muß einer alleine machen.*

Die schöne YPSILON tritt auf. Sie ruht so sehr in sich, daß sie an jedem Platz zu Hause erscheint, hat keine Eile und erscheint wie ein Gestirn, schwebt übern Sägespänegrund der Zeltarena wie eine Sommerwolke übern Himmel hin und singt:
ABCDEFG, bleiches Gras, zerschmolzner Schnee. Flatterwind und süßes Weh. Unterm Acker träumt der Klee.
Und die Einclownkapelle spielt dazu die strahlend schöne, tiefe Ypsilonmusik.
Wie Zett die herrliche Erscheinung sieht, rast er zu seinem Stuhl zurück, um sich vor Ypsilon darunter zu verbergen.
Doch Ypsilon zieht unbehelligt ihre Bahn, anmutig strahlend, ganz bei sich. Ihr Abgang ist der eines schönen Sterns am Horizont.
ZETT kauert vor Schrecken unterm Stuhl, verfolgt gebannt das Schauspiel. Als ihr Licht verloschen und ihr letzter Ton verklungen ist, kriecht er hervor und ist so kühn, ihr feixende Grimassen hinterherzuschneiden und ihr Vorübergleiten und ihr Singen nachzuäffen:
A B C D E F G, Natternkind im Wiesenschnee.
Und die Einclownkapelle spielt dazu die zarte, zaghaft zitterige Zettmusik, die danach trachtet, sich zur schönen Ypsilonmusik emporzuschwingen,
bis Ypsilon ein zweites Mal erscheint und hinter Zett durch die Arena schwebt.
Und die Einclownkapelle wechselt über zur strahlend schönen Ypsilonmusik.
Die macht Zett Mut. Er steigert sich zu immer kühneren Figuren,
bis Ypsilon den kühnen Zett entdeckt und hingerissen ist von diesem Wesen, das ihr zu gleichen scheint. Sie nistet unterm Stuhl von Zett sich ein, um unbemerkt sich am Objekte ihrer ersten Liebe zu erfreuen.

Und die Musik der Clownkapelle nähert sich wieder zaghaft zitteriger Zettmusik.
Doch immer, wenn Zetts Spiel zu stocken droht aus lauter Zagheit,
stärkt Ypsilon das Spiel mit Liebeswellen, die sie gezielt zu Zett hinübertreibt.
Und die Einclownkapelle macht die Liebeswellen hörbar.
Dann fängt sich Zett und wird für kurze Zeit ein wenig kühner, bis er erneut zu stocken droht,
und Ypsilon erneute Liebeswellen rauschen läßt.
Und die Einclownkapelle macht das Rauschen hörbar.
Das geht so fort, bis Zett entdeckt, wie schrecklich weit vom Stuhl ihn seine Tollheit abgetrieben hat. Er rast zurück.
Und Ypsilon erhebt sich, und der Stuhl verwandelt sich zu ihrem Hut. Sie breitet ganz verzückt die Arme aus und glaubt, daß es die Stärke ihres Wunsches ist, die nun den Liebsten zu ihr treibt.
In der Musik der Clownkapelle gibt es Töne von höchstem Glück und tiefster Angst.
Und Zett entdeckt im letzten Augenblick die furchterregende Verwandlung seines Stuhles und erstarrt.
Und die Musik der Clownkapelle schweigt nach angstvoll schrillem Ende jäh.
Zett flieht in Panik – vor dem Schreckgebilde –
YPSILON steigt auf den Stuhl, um Zett nicht aus den Augen zu verlieren. Und ihrer Brust entringt sich sehnsuchtsvoll ein *Oij*.
Auch ZETT entfährt, jedoch zutiefst erschrocken: *Oij*.
Und YPSILON verbessert voller Liebe: *Oij*.
ZETT echot zaghaft: *Oij?* mit Fragezeichen.
Und YPSILON erwidert ganz begeistert: *Oij!*

Was ZETT mit neu erwachtem Mut den Satz zustande bringen läßt: *Du stehst auf meinem Stuhl.*
Und YPSILON zur gleichen Zeit, daß keiner wen versteht *Ich habe mich verliebt.*
Nun BEIDE: *Was?*
Jetzt schweigen beide und ermutigen den anderen, zuerst zu sprechen. Ypsilon zeigt sich auch hier als stärker und drängt
ZETT zu seinem Satz: *Du stehst auf meinem Stuhl.*
Nun kann auch YPSILON mit ihrem Satz heraus: *Ich habe mich verliebt.*
Was ZETT verwirrt: *Du stehst auf mein verliebt?*
Was YPSILON verwirrt: *Ich habe mich dein Stuhl?*
ZETT sinnt und findet keinen Sinn: *Verliebt?*
Und YPSILON ergehts wie Zett: *Dein Stuhl?*
Zett taucht allmählich auf aus der Verschanzung.
Auch Ypsilon steigt von dem Stuhl hinab, entfernt sich und läßt befremdet ihre Blicke gleiten vom Stuhl zu diesem neuen, scheuen Wesen hin und her.
Und die Einclownkapelle begleitet dieses Hin und Her.
Auch Zett beginnt vom Stuhl zu diesem Wesen hin- und herzublicken, das so erschreckend schnell von seiner Schrecklichkeit verliert.
Dies Köpferucken finden beide komisch und sie entwickeln daraus einen neuen Tanz.
Und die Einclownkapelle spielt dazu den Kopfruckrock.
Sie rucken, rocken aufeinander zu, bis Zett die Nähe Ypsilons erneut erschreckt.
Und Ypsilon erstarrt befremdet.
Und die Einclownkapelle schweigt abrupt, nur leise Winde läßt sie heulen.
Und YPSILON versucht die peinlich starre Stille mit Worten zu vertreiben. Sie verhöhnt den Stuhl: *Du hast*

vier Beine. Und dann mit Liebe Zett zu schmeicheln: *Aber du hast zwei Beine*. Und sich behutsam auf zwei Beinen ihm zu nähern.
ZETT wird nervös. *Zwei Beine?* Das Stichwort ist ihm rettende Idee. Er rührt wie wild die Beine, die tragen ihn zurück zu seinem Stuhle, den er umklammert. *Du hast zwei Beine. Aber ich habe sechs Beine*.
Das Licht beginnt zu flackern. Eine Zeltwand bläht sich. Alle schweigen.
Nur die Einclownkapelle sorgt für Wind.
Und Ypsilon kratzt sich verlegen.
Zett kratzt sich auch und gibt sich dabei sehr zufrieden, wie einer, der sich selbst genüge ist.
Und Ypsilon äfft Zetts Gekratze nach.
Zett tuts ihr gleich.
So geht das hin und her, bis Ypsilon versucht, die Stelle zwischen ihren Schultern zu erreichen, was mißlingt.
Zett kratzt die Stelle zwischen seinen Schulterblättern, indem er sich an seinem Stuhle scheuert und voll Triumph blickt er zu Ypsilon hinüber. Die fängt in ihrer Not den Floh, der sie gebissen hat, und zeigt ihn triumphierend Zett.
Da fängt Zett seinen Floh und zeigt ihn triumphierend Ypsilon.
Da schaut sich YPSILON den Floh genauer an: *Heh, der hat auch sechs Beine*.
Da untersucht ZETT seinen Floh: *Und rote Augen*.
Und YPSILON *Tatsächlich. Du hast recht. Ganz rote Augen*.
ZETT glaubt das nicht: *Das ist gelogen*.
Doch YPSILON beharrlich: *Feuerrote Augen*.
ZETT läuft zu Ypsilon: *Das will ich sehen!*
YPSILON *Und eine blaue Nase mit gelborängelichen Punkten drauf*.

ZETT *Wo?*
YPSILON *Da.* Sie stecken ihre Köpfe eng zusammen.
Und die Einclownkapelle läßt den Wind zuendewehen.
YPSILON *Er ist sehr klein.* Sie stecken ihre Köpfe eng zusammen und atmen wie mit einer Brust.
Und die Einclownkapelle läßt sehr leise Töne hören, als säß ein Foh und nicht ein Clown am Instrument.
ZETT *O, ist der Klein.* Sie drücken immer tiefer sich zusammen, um den sehr kleinen Floh zu sehen.
BEIDE *So klein.*
Und YPSILON reibt sich an Zett, indem sie vorwärts hüpft. *O, da.*
ZETT hüpft an Ypsilon sich reibend hinterher *Wo, da?*
Und Ypsilon begeistert *Do, da. Er hüpft.* Sie hüpfen ihm so hinterher, als wären Ypsilon und Zett ein einziger Floh.
ZETT *Den fangen wir wieder ein, ja?*
YPSILON *Ja, ja, den kriegen wir noch.* Vor lauter Einssein wird das Hüpfen fast vergessen. *Auf die*
ZETT *Plätze.*
YPSILON *Fertig.*
BEIDE *Los.* Sie fliegen selig in die Luft und landen. Sie auf dem Floh und Zett auf Ypsilon.
ZETT *Hast du ihn?*
YPSILON *Ich habe ihn.*
ZETT *Der kleine Schlingel.*
YPSILON *Der hat geglaubt, der könnte uns entwischen.*
ZETT *Er hatte wahrscheinlich keine Ahnung, daß er es hier mit uns zu tun hatte.*
YPSILON *Es sieht ganz danach aus.* bedauernd *O, nein.*
Und die Einclownkapelle stoppt abrupt die Flohmusik.

ZETT *Was ist geschehn?* Zett steigt von Ypsilon hinab.
YPSILON *Wir haben ihn zermantscht.*
ZETT *O, nein! Wir haben ihn leider zermantscht.* Sie schaun auf den zermantschten Floh.
YPSILON *Alles zermantscht.*
ZETT *Alles durcheinander.*
YPSILON *Blau, rot, gelb. Alles durcheinander.*
ZETT *Braun.*
YPSILON *Braun?*
ZETT *Blau, rot, gelb, alles durcheinander ergibt braun.*
YPSILON *Braun. Du hast recht. Das ergibt braun.*
ZETT *Aber man ahnt noch, daß die Nase blau war und gelbe Punkte hatte, ja.*
YPSILON *Und daß die Augen rot waren, ja.*
ZETT *Wie Feuer.*
YPSILON *Ja.*
ZETT *Ja.*
YPSILON *Deine Augen sind blau.*
ZETT *Blau?*
YPSILON *Ja.*
ZETT *Meine Augen sind blau? Das will ich sehen.*
YPSILON *Dann mußt du sie spiegeln.*
ZETT schaut sich um. *Wo soll ich sie spiegeln?*
YPSILON *In meinen Spiegelaugen.*
ZETT *In deinen Spiegelaugen?* Zett tuts.
Und die Einclownkapelle spielt ganz leise Liebestöne.
YPSILON *Siehst du sie?*
ZETT kommt Ypsilon näher. *Ja, Da. Ganz. Tief. Da unten.*
YPSILON *So tief. So blau.*
Die Liebe überwältigt Zett *Und du hast brrraaauuunnne. Blaue, rote, gelbe, alles durcheinander.*

Die Liebe überwältigt Ypsilon *O, sag das nochmal.*
ZETT *Brrraaauuunnne.*
YPSILON *Nochmal.*
ZETT *Brrraaauuunnne.*
YPSILON *Nochmal.*
ZETT *Brrraaauuunnne.* Sie schauen sich fassungslos an.
YPSILON *Wie heißt du?*
ZETT *Zett.*
YPSILON voller Liebe *Zett.*
ZETT *Und wie heißt du?*
YPSILON Ypsilon.
ZETT voller Liebe Ypsilon.
YPSILON Ich glaube, ich habe mich verliebt, Zettel.
ZETT *Ich glaube auch. Ich habe mich auch, Ypsilonka. Ich habe mich auch, was du hast.* Sie stumpen sich an und kichern, weil sie so neu noch in der Liebe sind. Als könnte er dies Turteln nicht ertragen, verläßt der Stuhl die beiden, geht beleidigt aus dem Zelt.
Und die Einclownkapelle brummelt einen fremden Ton zum Gang des Stuhles.
YPSILON *In wen, Zettel?*
ZETT *Das sag ich nicht. Das ist mein süßes Geheimlicht.*
YPSILON *Dann sag ich auch nicht mein Geheimlicht, in wen ich mich hab.*
ZETT *Och.*
YPSILON *Tja.*
Zett starrt entsetzt dem Stuhle nach, der ihn verläßt.
YPSILON *Zettel, was ist dir?*
ZETT *Mein Stuhl. Er geht.*
YPSILON erblickt nun auch den Stuhl, der grad das Zelt verläßt. *Das ist ja noch schöner! Stillgestanden! Kannst du kein deutsch?!* Sie läuft ihm hinterher.

ZETT löst sich endlich aus dem Starren und läuft der Liebsten stammelnd hinterher *Hiergeblieben! Verliebt! Kannst du nicht hören?! Ypsilon! Ist ja noch schöner! Stillgestanden! Verliebt!*
Und die Einclownkapelle läßt den Wind ertönen und Regen, wie er aufs Zeltdach prasselt.
Und YPSILON verläßt das Zelt: *Halt! Finger weg! Das ist Zetts Stuhl! Heh, her damit!* Dann gellt von draußen her ein Schrei.
Darauf folgt rauhes, höhnisches Gelächter.
ZETT stockt und stammelt *Ypsilon! Zermantscht! Verliebt! Brrraaauuunnne!* Faßt neuen Mut, läuft hinter Ypsilon zum Zelt hinaus. *Blau, rot, gelb! Alles durcheinander! Her damit! Finger weg! Kannst du kein Deutsch?! Stillgestanden!*
Noch einmal dröhnt das rauhe höhnische Gelächter. Zeltbahnen bauschen sich im Winde, flattern, und Regen prasselt auf sie nieder.
ZETT kehrt zurück ins Zelt, klatschnaß, mit seinem Stuhl. Er stellt ihn achtlos hin, setzt sich, sein Kopf hängt tief, und Tropfen tropfen von ihm ab, daß sich bald eine Pfütze bildet unter seinem Stuhl. *Yp. Ypsi. Ypsilon.* Auf einmal brüllt Zett. *Ypsilon.* Zett packt die Wut. Zett packt den Stuhl und schüttelt ihn. *Du bist schuld!* Zett schlägt den Stuhl, der wirbelt durch die Luft zu Boden. *Du warst es, der hinauslaufen mußte!* Zett tritt den Stuhl, der wirbelt wieder durch die Luft. *Daß Ypsilon dir hinterherlaufen mußte!* Zett springt auf seinen Stuhl. *Daß sie der Dicke nahm.*
Und die Einclownkapelle läßt den Stuhl zerkrachen. *Du mieses Stück! Dir werd ichs zeigen, einfach wegzulaufen!* Zett bricht ein Bein vom Stuhl: *Dir werd ichs zeigen! Zett bricht ein zweites Bein vom Stuhl: Ich*

hasse dich! Mit dir bin ich für immer fertig! Zett bricht ein drittes Bein vom Stuhl. *Jetzt hat sichs ausgelaufen. Jetzt kannst du nur noch hüpfen, Freundchen. Und jetzt* – Zett bricht das vierte Bein von seinem Stuhl – *ist aus, du mieses Stück! Jetzt hat sichs ausgehüpft. Ich hasse dich. Ich hasse dich. Ich hasse dich.* Zett drischt den Stuhl zu Splitter, bis er am Ende innehält und fassungslos auf all die Teile starrt, die wild verstreut in der Arena liegen. Er nimmt ein Teil, schaut es sich an und weint, wischt Sägespäne ab, putzt alle Teile, so wie ein Krieger seine Waffen putzt mit Öl und Liebe, und seine Tränen sind das Öl. Er steckt die Teile seines Stuhles zu sich, so wie ein Krieger seine Waffen zu sich steckt, und zieht bis unters Kinn bewaffnet gegen seinen Feind.

Und die Einclownkapelle bläst Fanfare und schlägt den Rasselrhythmus eines kriegerischen Marsches.

Und Zett schreit markigen Befehl: *Noch schöner! Halt!* Er zieht ein Stuhlbein wie ein Schwert und kämpft im Geist mit einem Feinde, der ihm sein Schwert am Ende aus den Händen schlägt.

Und die Einclownkapelle läßt das Stuhlbein zischen wie ein Schwert.

Und Zett schreit markigen Befehl: *Verliebt und Finger weg!* Er zieht ein Stuhlteil aus dem Gurt wie einen Colt und schießt ihn gegen seinen Gegner leer.

Und die Einclownkapelle läßt das Stuhlteil wie Pistolenschüsse knallen.

Und Zett schreit markigen Befehl: *Ypsilon und her damit!* Er schwingt ein Stuhlbein, wie man eine Keule schwingt, bis ihm sein Gegner auch die Keule aus den Händen schlägt.

Und die Einclownkapelle läßt das Stuhlbein klingen wie eine Keule, die auf Schädel niederschmettert.

Und Zett schreit markigen Befehl: *Stillgestanden Ypsilon Zett!* Ein Stuhlteil wird MG.
Und die Einclownkapelle läßt das Stuhlbein knattern wie ein MG.
Und Zett schreit markigen Befehl: *Vermantscht und Hiergeblieben!* Mit dem MG treibt Zett den Feind zur Flucht, rafft eilig seine Waffen und verfolgt mit Kriegsgeschrei den Feind zum Zelt hinaus.
Und die Einclowncapelle spielt beherzte Sturmangriffsmusik, die in der Ferne sich verliert und läßt aus andrer Richtung Pauken und schmetternde Trompeten hören: die Hymne des Gewaltigen, die Hymne Ixs.
IX tritt voll Selbstgefallen auf wie ein gefeierter noch nie bezwungener Held, kommt langsam vorwärts, weil er seine Riesenfüße zur Seite schwingen läßt und kaum nach vorn. Er schleift den Körper der zerschundnen Ypsilon durch Sägespäne hinter sich einher und legt ihn ab inmitten der Arena und blickt voll Stolz und Wohlgefallen auf sie nieder. *Schön.* Beseitigt Teile vom zerfetzten Stoff. *Schön.* Legt Strähnen ihres goldnen Haars zur Seite. *Schön.* Und ändert ihre Positur, bis sie am Ende daliegt wie die Venus von Giorgione. *Schön.* Dann singt er.
H I J K L M N, lache Sommer! Sonne brenn!
Ich sing die schönsten Arien der schönsten aller Grazien.
Und YPSILON schlägt ihre Augen auf und stammelt:
H I J K L M N, ich bin die, die ich nicht kenn.
IX *Schön! Ypsilon! Das habe ich aus dir gemacht.*
YPSILON *Was hast du denn aus mir gemacht?*
Du warst eine alberne Göre. Jetzt hab ich eine wunderbare Frau aus dir gemacht. Schön!
YPSILON *Ich war eine alberne Göre. Und jetzt hast du eine wunderbare? Frau? Aus mir gemacht?* Darauf be-

wegt sich Ypsilon, so wie die Venus von Giorgione sich bewegen würde, hätt nicht Giorgione ihre Leinwand so stramm gespannt.

IX wie Giorgione stolz nach seinem letzten Pinselstrich *Schön! Eine wunderbare Frau. Du bist nun keine mehr, der man so kommen kann.* Äfft das Gekicher und Gestumpe nach, das er bei Zett gesehen hat.

Darauf erhebt sich Ypsilon. Ihr kommt von Ferne die Erinnerung an: *Zett.*

IX korrigiert sogleich die Positur *Den hast du hinter dir.*

Doch YPSILON strahlt *Zettel.*

IX richtet ihr die Haare *Den hast du abgestreift wie eine Schlange ihre alte Haut.*

YPSILON *Zettelchen.*

IX tupft und pinselt ihr Make up *Den hast du, als du eine Göre warst, gebraucht, so wie die Schlange ihre alte Haut im Frühling brauchte. Doch nun ist Sommer. Du bist reif und schön. Ich bin dein Sommer, der dich reif und schön gemacht.*

YPSILON *Und Zett? Was ist mit Zett?*

IX streicht und legt ihr Kleid in schöne Falten *Zett ist der Frühling, der vergangen ist und niemals wiederkommt.* Er schaut voll Stolz auf seine Arbeit. *Schön.*

Und YPSILON ergreift die Hand von IX. *Hab Dank. Der Sommer ist sehr schön. Das hast du wunderbar gemacht und alles, alles nur für mich?*

Zett tritt ins Zelt, noch immer seinen Feind verfolgend.

Und IX schließt Ypsilon in seine Arme *Für dich, o, meine Göttin, nur für dich.*

Da sieht Zett IX mit Ypsilon im Arm und beißt verzweifelt in sein Schwert.

Und IX küßt leidenschaftlich schmatzend und schnaufend Hals und Schultern Ypsilons *Für dich, geliebtes Wesen, nur für dich.*
Und Ypsilon wird steif und immer länger.
Zett fällt vor Schmerz das Schwert zum Mund heraus.
Da sieht sie endlich Zett, schaut strahlend hinter IX hervor und winkt wie eine, die von langer Fahrt zurückgekehrt vom Decke ihres Schiffes aus im Hafen ihren Liebsten sieht. *Zett! Du mein Frühling!*
IX kehrt sich ab von Ypsilon und läßt sein Lustgeschnauf in Wutgeschnaufe übergehen *Wo?*
Und YPSILON zeigt in verkehrter Richtung *Da. Ach, Zettelchen, ich freu mich so.*
Und IX tappt aus dem Zelt und brüllt *Komm her, du Laus, ich möchte dich zerquetschen!*
Zett zückt erneut sein Schwert.
Und YPSILON schwebt ihm entgegen *Zettelchen.*
Und die Einclownkapelle spielt von Liebesglück.
Und ZETT nimmt unbeholfen zaghaft und und waffenstarrend Ypsilon in seine Arme *Ypsilon. Wie bist du schön!*
Und draußen brüllt IX wie ein Stier *Zerquetschen.*
Und Zett erstarrt in der Umarmung mit dem gezückten Schwert.
Doch YPSILON macht einen Kußmund *Schau, der Sommer hat die Wangen rot und meine Lippen prall gemacht.*
Als IX im Zelteingang erscheint und brüllt *Er ist nicht da. Du siehst Gespenster.*
Und YPSILON verbreitert ihren Rock vor Zett, der mit gezücktem Schwert sich kauert *Gespenster? O, wie süß Gespenster küssen.*
IX *Küssen? Küssen! Büßen! Müssen!*

Zetts linke Hand, von ihren Armen eingeschlossen, zieht YPSILON an ihren Mund und küßt sie leidenschaftlich O, *wie süß Gespenster küssen.*
Und IX packt Ypsilon *Jetzt küß ich dich. Das treibt dir die Gespenster aus.* Er will sie küssen. Da schießt Zetts Linke vor ihm übers Maul.
Und YPSILON erklärt dem Zähnespuckenden *Man soll Gespenster nicht beim Küssen stören.*
IX stürzt sich wutentbrannt auf Ypsilon. Da reißt sie Zett zur Seite, springt dem Wütenden entgegen *Ix, das Spiel ist aus.*
IX bläst sich auf und naht sich Zett gemächlich, weil seine Riesenfüße mehr nach außen schwingen als nach vorn. Und drohend kreisen seine Fäuste wie Pleuelstangen einer Dampfmaschine *Das Spiel ist aus! Das hast du gut erkannt, mein Früchtchen.* Er läßt sein Hohngelächter hören und seine Muskeln spielen und läßt die Gummihosenträger gefährlich klatschen gegen seine Brust.
Und YPSILON frohlockt *Der Herbst ist da. Der Sommer geht zur Neige. Zett ist jetzt reif und stark und mutig, nicht mehr feige.*
Und IX entgegnet *Hosenscheißer.*
Zett hebt sein Schwert und singt *O P Q R S T U, Blätter rascheln unterm Schuh. Will nicht Frieden will nicht Ruh. Sie ist mein, sonst schlag ich zu.*
IX brüllt *O P Q R S T U, Donner, Blitz und Feuerschuh.*
Und die Einclownkapelle spielt erst drohend leis, dann immer lauter mit Pauken und Trompeten Ixmusik. Von fern zieht ein Gewitter auf, daß sich die Zeltwand bauscht.
Und Ypsilon erstarrt zu einer wunderschönen Pose, in der sie ihre Hände gegen ihren Busen pressend auf zum Himmel schaut.

Zett weicht vor Ix zurück. Dann sieht er Ypsilon, bleibt hingerissen stehen.

Und Ypsilon senkt ihren Blick zu Zett und sendet Liebeswellen zu ihm aus.

Und die Einclownkapelle macht die Liebeswellen hörbar.

Ix schaut sich voller Argwohn um.

Doch Ypsilon fällt augenblicklich zurück in ihre wunderschöne Pose, in der sie ihre Hände gegen ihren Busen pressend auf zum Himmel schaut.

Zett zückt mit neuem Mut sein Schwert.

Bedrohlich naht der niebesiegte Ix.

Und die Einclownkapelle spielt dazu mit Pauken und Trompeten Ixmusik. Der Sturm rückt näher.

Zett weicht vor Ix zurück. Dann sieht er Ypsilon, bleibt hingerissen stehen.

Und Ypsilon senkt ihren Blick zu Zett und sendet Liebeswellen zu ihm aus.

Und die Einclownkapelle macht die Liebeswellen hörbar.

Ix schaut sich voller Argwohn um.

Doch Ypsilon fällt augenblicklich zurück in ihre wunderschöne Pose, in der sie ihre Hände gegen ihren Busen pressend auf zum Himmel schaut.

Zett zückt mit neuem Mut sein Schwert.

Bedrohlich nähert sich Ix Zett, daß selbst das Licht im Zelt voll Angst sich zu verkriechen scheint. Das geht so fort, bis es zum Kampfe kommt.

Und die Einclownkapelle sorgt für Kampfgetöse und für Donnergrollen.

Zett schwingt sein Schwert, es zuckt der erste Blitz.

Ix wischt Zetts Schwert wie eine Mücke fort und tut es so mit allen andern Waffen. Sein Hohngelächter mischt sich

mit dem Donner, den die Einclownkapelle immer häufiger vom Himmel krachen läßt.
Am Ende weicht Zett waffenlos zurück.
IX treibt ihn in die Enge.
Doch Ypsilon kickt Zett ein Stuhlbein zu.
Zett fängt es auf.
Und die Einclownkapelle fidelt Hoffnungstöne.
IX schaut sich voller Argwohn um.
Doch Ypsilon fällt augenblicklich zurück in ihre wunderschöne Pose, in der sie ihre Hände gegen ihren Busen pressend auf zum Himmel schaut.
Und Zett schlägt IX das Stuhlbein übern Schädel, und grellem Blitz
folgt krachend Donner dank der Clownkapelle.
IX schüttelt sich und stürzt sich mit Gebrüll auf Zett, dem er das Stuhlbein aus den Händen schlägt.
Im Nu kickt Ypsilon ein zweites Bein zu Zett hinüber.
Zett fängt es auf.
Und wieder fidelt die Einclownkapelle Hoffnungstöne.
IX schaut sich wieder voller Argwohn um.
Doch Ypsilon fällt augenblicklich zurück in ihre wunderschöne Pose, in der sie ihre Hände gegen ihren Busen pressend auf zum Himmel schaut.
Und Zett schlägt IX das Stuhlbein übern Schädel, und grellem Blitz folgt krachend Donnern.
IX schüttelt sich und stürzt sich mit Gebrüll auf Zett, dem er das Stuhlbein aus den Händen schlägt. Das geht so fort, doch IX wird wütender und schneller, bis er am Ende Ypsilon dabei ertapt, wie sie in seinem Rükken Zett ein Stuhlbein zuspielt. Brüllend stürzt er sich auf sie. *Ist das der Dank, du falsche Schlampe?!*
Zett setzt ihm nach und schlägt ihm übern Schädel.
Ein fürchterlicher Blitz erhellt das Zelt.

Und krachend folgt sogleich der Donnerschlag, den wir auch diesmal der Einclownkapelle danken.
IX taumelt wie ein Kreisel vor dem Stürzen.
Und Ypsilon strahlt wie der Morgenstern.
Und die Einclownkapelle läßt ihr Strahlen hören.
Und Zett ist wie gelähmt von ihrer Schönheit.
IX fängt sich wieder, packt die Schöne.
Da schlägt Zett zu mit niegekannter Kraft.
Und Blitz und Donner zuckt und kracht zur selben Zeit, wofür im Fall des Donners die Einclownkapelle zeichnet.
Und IX stürzt schwer getroffen nieder, ergreift am Boden liegend Sägespäne.
Zett stürzt zum letzten Schlag ausholend sich auf IX.
IX schleudert Zett die Sägespäne ins Gesicht, so daß Zetts Schlag sein Ziel verfehlt.
Blind stürzt sich Zett auf IX.
IX rollt zur Seite. Beide liegen sie am Boden.
Zett reibt sich Sägespäne aus den Augen.
IX packt ein Stuhlbein und zerdrischts mit letzten Kräften überm Kopf von Zett.
Und Blitz und Donner zuckt und kracht zur selben Zeit dank der Einclownkapelle.
Und beide liegen sie wie tot am Boden. Die Sägespäne färben sich rot.
Und die Einclownkapelle läßt den Regen traurig auf das Zeltdach trommeln und Stürme hören, wie der späte Herbst sie kennt.
Und Ypsilon schlägt ihre Hände vors Gesicht. Und nichts bewegt sich in der finsteren Arena. Nur Sägespäne fallen aus der Kuppel zur Arena hin wie Schnee.
Der CHEF der Clownskapelle klagt *V W X Y Z, bin der Letzte im Quartett. Winterkohl und Schweinefett, Eis und Schnee und Totenbett.* Sein Gesang wird im-

mer leiser und die Dunkelheit nimmt zu, bis den Chef der Hafer sticht: bis er sich ein Feuer macht, bis er seine Trommel rührt.
Warum heißt der Held Held?
Weil er Ruhe hält.
Warum heißt er Apfel Apfel?
Weil er abfällt.
Beides hat die Erde rot gemacht.
Pastors Kuh wurd gestern totgemacht.
Seht, hier ist ihr schönes Fell gespannt.
Hört, wie hell das Fell erklingt am Rand.
In der Mitte klingt ihr Fell recht finster,
Hört ihr? So. Und so klingt Besenginster.
Wie ein Feuerchen im Haferstroh.
Und mein blaukariertes Taschentuch klingt so.
Und das Jahr klingt langsam aus.
Übers Kuhfell trippelt eine Maus.
Und im Wald erschallt ein Büchsenknallen.
Und die allerletzten Äpfel fallen
auf die Erd. Hört!
Dann kommt leise aus der Höh
Schnee,
fällt aufs rote Ziegeldach
und der Bach
plätschert schwach.
Ach.
Eine Eiche knarrt.
Und ein Mädchen starrt
in die Hände.
Ende.
Ende?
Da laß ich lieber einen Clown
laut auf Pastors Kuhfell haun.
Nichts geschieht.

Da schlag ich lieber auf mein Becken,
alle Mädchen aufzuwecken.
Nichts geschieht.
Da blase ich der Menge ein,
lauthals »Ypsilon« zu schrein.
Die Menge schreit, doch nichts geschieht. Da kommt die rettende Idee. Der Clown legt seinen Finger an den Mund. Die Menge schweigt. Mit seiner kleinen Geige spielt er nun ein altes Winterlied. Und Ypsilon nimmt ihre Hände vom Gesicht und schaut sich um und lauscht. Die Sägespäne hören auf zu fallen.
YPSILON *Wie schnell vergeht die Zeit. Ein weißes Leichentuch liegt über allem. O, wie kalt es ist.*
Und die Einclownkapelle läßt nochmal das alte Winterlied erklingen. *Doch lang schon vor den eisigsten Tagen im Jahr, wenn alles sich duckt und zusammenzieht, dehnen die Tage sich aus, werden sie länger. Und länger und lang bis die Flüsse krachen.*
Und Ypsilon beginnt zu singen:
Winter, ade. Scheiden tut weh.
Aber dein Scheiden macht, daß mir das Herze lacht.
Winter, ade. Scheiden tut weh.
Und die Einclownkapelle läßt die Flüsse krachen.
Und Ypsilon erkennt. *Die Flüsse krachen. Der Frühling kommt.*
Sie läuft zu Zett und flüsterts ihm ins Ohr. *Der Frühling kommt.* Sie springt zu IX und schreit es ihm ins Ohr. *Der Frühling kommt! Diese alberne Göre!* Sie springt zu Zett und haucht die Sägespäne ihm vom Leib. *Der Schnee zerschmilzt. Und überall erwacht ein neues Leben.* Sie blickt voll Stolz und Wohlgefallen auf ihn nieder. *Schön.* Beseitigt letzte Späne. *Schön.* Und richtet seine Haare: *Schön.* Und macht ein immer schönres Bild von ihm: *Schön.* Daß er am Ende daliegt

wie der Adam Michelangelos. *Schön.* Sie stippt den Zeigefinger gegen Adams Zeigefinger und beginnt zu singen. *A B C D E F G, bleiches Gras, zerschmolzner Schnee. Flatterwind und süßes Weh.*
Zett schlägt die Augen auf und stammelt. *A B C und süßes Weh. Unterm Acker träumt der Klee.*
Und Ypsilon betrachtet stolz ihr Werk *Schön, Zettelchen. Das habe ich aus dir gemacht.*
ZETT *Was hast du denn aus mir gemacht?*
YPSILON *Du warst eine zaghaft zittrige Zwiebel. Doch jetzt habe ich einen wunderbaren und mutigen Mann aus dir gemacht.*
ZETT *Ich war eine zaghaft zittrige Zwiebel. Doch jetzt hast du einen wunderbaren? Und mutigen? Mann? Aus mir gemacht?* Zett richtet sich auf wie Adam, wenn er endlich den Erdboden statt Gewölk unter die Füße bekommt. *O, Ypsilon, das hast du alles nur für mich gemacht?*
YPSILON nickt stolz wie Gott nach der Erschaffung Adams *Das hab ich alles nur für mich gemacht. Ein wunderbarer Mann.*
ZETT nimmt Ypsilon in den Arm *Ypsilon.*
YPSILON *Zett.* Sie küssen sich. Aber so, wie Clowns so etwas machen: mit viel Gefühl und so, daß trotzdem niemand »Iiiih!« und »Halbzeit« schreien muß. *Für mich, für mich, für mich.*
Und die Einclownkapelle spielt von Liebe.
Und beide singen. *A B C D E F G, bleiches Gras, zerschmolzener Schnee. Flatterwind und süßes Weh. Unterm Acker träumt der Klee.*
IX schlägt die Augen auf, kommt stöhnend langsam auf die Beine, ergreift Zetts Schwert und nähert drohend sich dem Paar *A B C D E F G, Himmel, Pest und Satansklee.*

Und die Einclownkapelle streut Warnung in die Liebesmelodie.
Doch Ypsilon und Zett sind blind und taub vor Liebe.
Wer weiß, was noch geschehen wäre, wenn nicht das Publikum so laut geschrien hätte.

Schwarze Nacht wird langsam Morgendämmerung. Des Teufels Großmutter hockt in einem Dornengestrüpp. Der junge König von Sizilien liegt davor und schläft. Er nimmt das Publikum als seine tapferen Soldaten.

TEUFELS GROSSMUTTER Es war einmal. Da fegte des Teufels Großmutter über die Erde und verfing sich in einem Dornengestrüpp und konnte sich nicht mehr befreien. Also verbrachte sie die Nacht im Dorn. Als es dämmerte, sah sie auf dem Felde den jungen König von Sizilien, der lagerte mit seinem Heer vor ihrem Dorngestrüpp. Sie sah, wie sie erwachten und sich reckten und stumm und steif zu ihr hinüberstarrten, und keiner dachte dran, sich zu erheben und keiner fand den Mut, mit blankem Schwert herauszuhauen aus dem Dorn die Großmutter des Teufels.
He, was glotzt ihr Maulaffen in den jungen Morgen! Haut lieber heraus, was hier gefangen sitzt in dieser elenden Stachelfalle.

KÖNIG Wie redest du mit dem König? Wie redest du mit seinen tapferen Soldaten? Wer bist du, Weib?

TEUFELS GROSSMUTTER Ich bin des Teufels Großmutter. Die schert sich nicht darum, ob einer König ist oder Soldat. Wer sie heraushaut aus dem Dorn, dem wird sie einen Wunsch erfüllen.

KÖNIG Drei Jahre zieh ich schon mit meinem Heer nach Norden, find die Eisprinzessin nicht, von der ich träume jede Nacht. Wenn du mich zu ihr führst,

Großmutter des Teufels, will ich dich gerne aus den Dornen haun.

TEUFELS GROSSMUTTER Hau mich heraus. Ich führe dich zu deiner Eisprinzessin.

KÖNIG Kann man dir denn traun?

TEUFELS GROSSMUTTER Du traust mir nicht? Willst die Belohnung vor der Arbeit schon serviert bekommen, junger König? Schau, da ist sie schon.

EISPRINZESSIN Ich bin die Eisprinzessin, sitze auf der Spitze meines Bergs aus Eis vom Meer umspült. Und alle kommen sie, wolln mich herunterziehn vom Berg so klar und schön wie Glas in ihre stinkend warmen Betten. Alle. Ich bin schön.

KÖNIG Ein Jahr schon bin ich auf dem Weg zu dir. Ich scheue nicht dein kaltes Meer und deinen Berg aus Eis. Ich will zu dir. Ich will. Ich will.

TEUFELS GROSSMUTTER Du willst die Großmutter des Teufels aus den Dornen haun.

EISPRINZESSIN Ich will dich nicht. Bleib mir vom Leib.

KÖNIG Mein Leib ist heiß. Kein Eismeer kann mich schrecken. Zu dir schwimme ich. Dich liebe ich, seitdem du mir im Traum erschienst.

TEUFELS GROSSMUTTER Du willst die Großmutter des Teufels aus den Dornen haun.

EISPRINZESSIN Ich will dich nicht. Bleib mir vom Leib.

KÖNIG Ich träume jede Nacht von dir. Nun endlich ist der Tag. Ich steig auf deinen Berg aus Eis so klar und schön wie Glas zu dir.

TEUFELS GROSSMUTTER Du willst die Großmutter des Teufels aus den Dornen haun.

EISPRINZESSIN Ich will dich nicht, bleib mir vom Leib.

KÖNIG Ich bin der König von Sizilien. Schönes Mädchen, komm mit mir. Komm nach Sizilien. Komm, Siziliens Königin.

TEUFELS GROSSMUTTER Du willst die Großmutter des Teufels aus den Dornen haun.

EISPRINZESSIN Sizilien. Wo soll das sein, Sizilien?

KÖNIG Weit, weit im Süden will ich dir mein schönes Land zu Füßen legen. Komm.

TEUFELS GROSSMUTTER Du willst die Großmutter des Teufels aus den Dornen haun. Statt dessen läßt du einen Zapfen Eis dir in den Rücken stechen, junger König, stürzest unter dem Gelächter deiner schönen Traumgefährtin von dem Berg aus Eis ins kalte Meer.

EISPRINZESSIN Ich lege mir Sizilien selbst zu Füßen.

KÖNIG Der Zapfen Eis in meinem Herzen, das kalte Meer, das mich empfängt, sie sind nichts gegen die Kälte deines Lachens.

TEUFELS GROSSMUTTER Die Eisprinzessin lacht. Die Ohrn der Großmutter des Teufels schmerzen. Der junge König treibt durchs grüne Meer, zieht hinter sich rot einen Streifen Blut.

KÖNIG Ich darf noch nicht sterben, muß dem Teufel noch die Großmutter aus den Dornen haun.

TEUFELS GROSSMUTTER Der junge König treibt an Land, haut sie heraus, bevor er tot zusammenbricht. Hier endet die Geschichte. Mir ist kalt. Ich sehne mich nach Höllenglut. Doch weil du mich vom Dorn befreitest, will ich dich befrein vom Eis in deinem Herzen, will dir ein zweites Leben in die Wunde blasen, sie mit spitzen Zähnen schließen, die Geschichte weitertreiben.

KÖNIG Eisprinzessin! Komm! Ich will dich haben.

EISPRINZESSIN Nein, du kriegst mich nicht.

KÖNIG Ich laß dich fangen.

EISPRINZESSIN Nein, ich laß mich nicht.

KÖNIG Ich laß dich werfen in den Turm, der hat weder Fenster noch Tür.

EISPRINZESSIN Ich lasse mich nicht.

KÖNIG Ich steige des Nachts durchs Dach zu dir.

EISPRINZESSIN Ich gefriere zu Eis.

KÖNIG Ich falle mit heißen Küssen über dich her, daß du taust und schmilzst und niedersinkst.

EISPRINZESSIN Als Schmelzwasser steig ich die Turmwände hoch, bis du ertrinkst.

KÖNIG Was ist das, Großmutter des Teufels? Was mach ich falsch?

TEUFELS GROSSMUTTER Alles.

KÖNIG Wie kann ich alles richtig machen?

TEUFELS GROSSMUTTER Ach, das lernst du nie.

KÖNIG Ich will es lernen.

TEUFELS GROSSMUTTER Schon gar nicht von heute auf morgen.

KÖNIG Ich nehme mir Zeit.

TEUFELS GROSSMUTTER Du mußt drei Jahre mir dienen.

KÖNIG Drei Jahr?

TEUFELS GROSSMUTTER In der Hölle.

KÖNIG Dir dienen?

TEUFELS GROSSMUTTER Mit aller Kraft und allem Fleiß.

KÖNIG Bekomm ich sie, dien ich dir gern drei Jahr.

TEUFELS GROSSMUTTER Das hab ich nicht versprochen.

KÖNIG Sondern was?

TEUFELS GROSSMUTTER Daß du nicht alles falsch machst.

KÖNIG Was soll werden aus dem Heer?

TEUFELS GROSSMUTTER Was kümmerts mich? Sie können in der Hölle lagern. Da ist Platz für tausend Heere.

KÖNIG Folgt zur Hölle mir.

TEUFELS GROSSMUTTER Da ziehen sie zur Hölle hin und lagern sich am finstern Ort und sehn im roten Schein der Höllenfeuer ihren jungen König dienen ihr mit aller Kraft und allem Fleiße, ihr, der Höllenfürstin. Wie drei Jahre vergangen sind, besucht der junge König abermals die Traumgefährtin auf dem Berg aus Eis.

EISPRINZESSIN Ich bin die Eisprinzessin, sitze auf der Spitze meines Bergs aus Eis vom Meer umspült. Und alle kommen sie, wolln mich herunterziehn vom Berg so klar und schön wie Glas in ihre stinkend warmen Betten. Alle. Ich bin schön.

TEUFELS GROSSMUTTER Er trägt ein Kleid wie es die Mädchen in Sizilien tragen. Sie erkennt ihn nicht.

EISPRINZESSIN Ein Mädchen!

KÖNIG Nie hab ich gewußt, daß Eisberge sprechen.

EISPRINZESSIN Was sagst du?

KÖNIG Ach, lieber, schöner Eisberg, hör mich an.

EISPRINZESSIN Ich hör nicht recht!

KÖNIG Ich bin in großer Not. Ein Jahr lang such ich schon die Eisprinzessin, find sie nirgendwo. Zeig mir den Weg zu ihr, ich schenk dir einen Schmetterling.

EISPRINZESSIN Ich interessier mich nicht für Schmetterlinge. Nanntest du mich Eisberg?

KÖNIG Ja. Gefällts dir nicht?

EISPRINZESSIN Ja, doch. Es hat mich nur noch niemand so benannt.

KÖNIG Noch niemand? Wie denn sonst?

EISPRINZESSIN Man nannte mich – mal so mal so – Siziliens Königin zum Beispiel.

KÖNIG Ach, Siziliens Königin.

EISPRINZESSIN Zum Beispiel. Warum weinst du, Mädchen?

KÖNIG Ach, Siziliens Königin.

EISPRINZESSIN Sag, Mädchen, warum weinst du?

KÖNIG Wäre längst Siziliens Königin, wenn nicht die Eisprinzessin wär.

EISPRINZESSIN Die Eisprinzessin? Ach, erzähl mir die Geschichte.

KÖNIG Meine Heimat ist Sizilien, lebe dort im Königsschlosse, kenn darum den König gut und lieb ihn mehr als irgendwer auf dieser Welt. Vor ein paar Jahren nun verschaffte sich die Eisprinzessin Einlaß zu des Königs Träumen, hat das Nacht für Nacht genutzt, so daß der König sich in sie verlieben mußte. Seitdem sieht er mich nicht mehr, obwohl ich schöner bin als sie.

EISPRINZESSIN Woher willst du das wissen?

KÖNIG Das hat mir der König so gesagt. Sie ist nicht schön, hat er gesagt, sie ist nur jede Nacht im Traum bei mir.

EISPRINZESSIN Ich kenn die Eisprinzessin. Sie ist über alle Maßen schön. Viel schöner noch als du und ich zusammen.

KÖNIG Du und ich zusammen? Das mag sein. Entschuldige! Als Eisberg bist du makellos. Doch Weiberschönheit soll man nicht in einem Eisberg suchen.

EISPRINZESSIN Bist du blind?! Ich bin ein Weib!

KÖNIG Ein Weib?

EISPRINZESSIN Um dessen Willen viele Männer den Verstand verloren!

KÖNIG Den Verstand? So hab auch ich verloren den Verstand? Im Norden sehen mir die Weiber aus wie Eis.

EISPRINZESSIN Hat denn ein Eisberg Augen? Einen Mund? Hals? Schultern? Brüste? Hüften? Bauch? Und Bein? Ich bin ein Weib wie du. Nur schöner, hörst du? Schöner!

KÖNIG Schöner? Augen? Da und da. Der Mund? Ich höre deinen Mund, jedoch –

EISPRINZESSIN Jedoch?

KÖNIG Jedoch – im Süden singen sie ein Liedchen –

EISPRINZESSIN Und das geht?

KÖNIG Ich sag zu meinem Munde Mund
Erst wenn er rot und prall und rund
Erst wenn mein Mund sich selber spürt
Als wenn mein Liebster ihn berührt
Erst wenn mein Mund sich selber fühlt
Als wenn mein Liebster mit ihm spielt
Sag ich zu meinem Munde Mund

EISPRINZESSIN So so.

KÖNIG Das kann mein Mund. Und darum ist er schön.

EISPRINZESSIN Und meiner?

KÖNIG Kann das nicht.

EISPRINZESSIN Und ist darum nicht schön?

KÖNIG Nicht so wie er sein könnte.

EISPRINZESSIN Wie willst du das wissen?

KÖNIG Weil ichs seh.

EISPRINZESSIN Was siehst du?

KÖNIG Daß dein Mund sehr schön ist, seh ich, sicher schöner noch als meiner war, bevor er fühlen lernte, wies im Liedchen heißt, jedoch –

EISPRINZESSIN – jedoch mein Mund pfeift drauf, sich selbst zu fühln. Ihm reicht es, wenn sein Opfer seine Schönheit fühlt.

KÖNIG Doch blüht dein Mund zur höchsten Schönheit auf, so fällt dein Opfer in den tiefsten Bann.

EISPRINZESSIN Das hast du schön gesagt. Ich glaube, Mädchen, wir verstehen uns. Kennst das Geheimnis du, zu höchster Schönheit aufzublühn? Ich meine, gibt es einen Weg dahin, auch ohne einen sogenannten Liebsten?

KÖNIG Ja, den gibt es.

EISPRINZESSIN Zeig ihn mir, dann zeige ich dir auch den Weg zur Eisprinzessin.

KÖNIG Es ist nicht einfach, fordert alle Kraft und allen Fleiß.

EISPRINZESSIN Du zeigst ihn mir, ich helfe dir die Eisprinzessin töten. Du bekommst Siziliens König, ich die allerhöchste Schönheit. Zeige mir den Weg dahin.

KÖNIG Er führt nach Süden. Nach Sizilien.

EISPRINZESSIN Warum das?

KÖNIG Weil dort ein warmer Wind den Körper streichelt.

EISPRINZESSIN Ich will kein warmes Streicheln auf dem Körper, ich will –

KÖNIG Schönheit. Nimm den Wind als Medizin, die zu höchster Schönheit führt.

EISPRINZESSIN Sizilien paßt mir nicht. Was soll der König denken, wenn ich ihm – und außerdem mußt du, wenn du den König in Sizilien wiederhaben willst, die Eisprinzessin vorher töten.

KÖNIG Guter Einfall! Machen wir es so. Erst schlagen wir die Eisprinzessin tot, dann segeln wir nach Süden, wo mein Liebster von mir träumt und auf mich wartet.

EISPRINZESSIN Weißt du, wenn ichs recht bedenke, bleiben wir beim ersten Plan.

KÖNIG Ganz wie du willst.

EISPRINZESSIN Der Eiswind hat die Haut mir wie beim Seehund hart gemacht.

KÖNIG Der Wind im Süden macht sie weich und schön.

EISPRINZESSIN Das meint ich.

KÖNIG Auf nach Süden!

TEUFELS GROSSMUTTER Übers Nordmeer fahrn zwei Mädchen hin nach Süden. Winde wehen. Eis und Wogen krachen. Abends sitzen beide unterm Segel auf dem Deck des Schiffs. Die Sizilianerin weist ihrer Schülerin ein erstes Mal den Weg zu höchster Schönheit.

KÖNIG Schau. Wir fangen bei den Augen an. Sie strahlen dann am wunderbarsten, wenn sich ihr Blick versenkt in einem andern Augenpaar. Das zu genießen, macht die Augen schöner.

EISPRINZESSIN Zu genießen? Reicht nicht, daß ich meinen Blick mit aller Kraft und allem Fleiß versenke in dein Augenpaar?

KÖNIG Nein, das reicht nicht. Zu höchster Schönheit strahlt das Auge auf, wenn es genießt.

EISPRINZESSIN Und wie genießt das Auge?

KÖNIG Es genießt, wenn durch den ganzen Körper wohlig warm du einen süßen Regen rinnen fühlst.

EISPRINZESSIN Ein Regen?

KÖNIG Du kennst Regen nur zu Schnee gefroren. In Sizilien schneit es auch im Winter Regen.

EISPRINZESSIN Ach, ich hab noch viel zu lernen, meine Blicke sind versenkt in deine Augen, keinen Regen fühl ich durch den Körper rinnen keinen Schnee.

KÖNIG Wenn weiterhin du alle Kraft und allen Fleiß zusammennimmst, wirst du ihn fühlen lernen. Regen rinnt bereits.

EISPRINZESSIN Wie schön, daß ich dich traf.

TEUFELS GROSSMUTTER Dann ruhn zwei Mädchen in der Koje. Wellen wiegen sie in Schlaf. Der Nachtwind weht und bläht die Segel. Wellen wachsen. Wilder tanzt das Schiff, wirft eins ans andre.

EISPRINZESSIN Was ist unter deinem Bauch? Es ragt hervor.

KÖNIG Das ist das Glück. Bei manchen Mädchen ragt es vor, bei manchen ragts zurück. Scher dich nicht drum. Das Glück ist noch nicht dran. Erst gegen End des Wegs, den ich dir zeige, kommen wir zum Glück.

EISPRINZESSIN Erst gegen Ende? Mein Glück ragt zurück.

KÖNIG Ists möglich?

EISPRINZESSIN Ja.

KÖNIG So soll es bleiben. Fühlst du deine Haut? Du fühlst am schönsten sie, wenn du sie schmiegst an eines andern Haut. Das zu genießen macht dich schöner.

EISPRINZESSIN Reicht nicht, daß mit aller Kraft und allem Fleiß ich meine Haut an deine schmiege?

KÖNIG Nein. Zu höchster Schönheit kommt die Haut, wenn sie genießt.

EISPRINZESSIN Und wie genießt die Haut?

KÖNIG Die Haut genießt, wenn durch den ganzen Körper wohlig warm du einen süßen Regen rinnen fühlst.

EISPRINZESSIN Ich hab noch viel zu lernen. Meine Haut ist gegen deine Haut geschmiegt, ich fühle keinen Regen durch den Körper rinnen keinen Schnee.

KÖNIG Wenn weiterhin du alle Kraft und allen Fleiß zusammennimmst, wirst du ihn fühlen lernen. Regen rinnt bereits.

EISPRINZESSIN Wie schön, daß ich dich traf.

TEUFELS GROSSMUTTER Da fahrn zwei Mädchen übers Meer nach Süden. Winde wehen linder. In den Abendstunden sitzen beide unterm Segel auf dem Deck des Schiffs.

KÖNIG Wir kommen jetzt zum Mund.

EISPRINZESSIN Den hatten wir doch schon.

KÖNIG Noch nicht ausführlich. Deine Lippen blühen dann am schönsten, wenn sie sich auf andre Lippen drücken. Das zu fühlen, zu genießen, macht die Lippen schöner.

EISPRINZESSIN Reicht nicht, daß mit aller Kraft und allem Fleiß ich meine Lippen auf die deinen drücke?

KÖNIG Nein. Zu höchster Schönheit blühn die Lippen auf, wenn sie genießen.

EISPRINZESSIN Wie genießen Lippen?

KÖNIG Sie genießen, wenn durch sie ein süßer Regen wohlig warm in deinen Körper rinnt.

EISPRINZESSIN Ich hab noch viel zu lernen. Meine Lippen sind gedrückt auf deine, keinen Regen fühle ich durch sie in meinen Körper rinnen keinen Schnee.

KÖNIG Wenn weiterhin du alle Kraft und allen Fleiß zusammennimmst, wirst du ihn fühlen lernen. Regen rinnt bereits.

EISPRINZESSIN Wie schön, daß ich dich traf.

TEUFELS GROSSMUTTER Dann ruhn zwei Mädchen in der Koje. Wellen wiegen sie in Schlaf. Der Nachtwind weht und bläht die Segel. Wellen wachsen. Wilder tanzt das Schiff, wirft eins ans andre.

KÖNIG Heute kommen zu den Händen wir. Sie finden schönere Gestalt, wenn auf und ab, wenn kreuz und quer sie gehn, wohin sie mögen, über Haare, Schultern, Brust und Bauch, wohin sie mögen. Alles fühlen und genießen, macht dich schöner.

EISPRINZESSIN Reicht nicht, daß ich meine Hände gehen lasse auf und ab mit aller Kraft und allem Fleiß, wohin sie mögen, kreuz und quer zu deinem Mund, zu deiner Brust, zu deinem Glück?

KÖNIG Das reicht nicht, denn zu höchster Schönheit und Gestalt gedeihen deine Hände, wenn sie fühlen und genießen lernen.

EISPRINZESSIN Daß durch sie ein süßer Regen wohlig in den Körper rinnt?

KÖNIG So ist es.

EISPRINZESSIN Ach, ich hab noch viel zu lernen, meine Hände gehen auf und ab und kreuz und quer. Ich fühle keinen Regen rinnen keinen Schnee.

KÖNIG Wenn weiterhin du alle Kraft und allen Fleiß zusammennimmst, wirst du ihn fühlen lernen. Regen rinnt bereits.

EISPRINZESSIN Wie schön, daß ich dich traf.

TEUFELS GROSSMUTTER Da fahrn zwei Mädchen übers Meer nach Süden. Winde wehen lauer. In den Abendstunden liegen beide auf dem Segel auf dem Deck des Schiffs.

KÖNIG Wir kommen jetzt zum Glück.

EISPRINZESSIN Zum Glück schon? Also geht der Weg, den du mir zeigst zuend?

KÖNIG Der Weg geht weiter. Blau hebt sich Siziliens Küste aus dem Meer. Ich zeige dir zu guter letzt das Glück.

EISPRINZESSIN Siziliens Küste? Schon? Noch immer fühl ich keinen Regen rinnen keinen Schnee, noch immer bin ich nicht erblüht zu höchster Schönheit.

KÖNIG Warts nur ab.

EISPRINZESSIN Du meinst, das Glück wird Regen rinnen lassen?

KÖNIG Warts nur ab.

EISPRINZESSIN Zeig mir das Glück. Ja. Zeig es mir.

KÖNIG Wir kommen jetzt zum Glück. Es blüht und glüht am wunderbarsten, wenn es sich tief versenkt in eines andern Glück.

EISPRINZESSIN Ich dacht es mir!

KÖNIG Das zu genießen macht die Menschen schöner.

EISPRINZESSIN Reicht nicht, daß ich mein Glück mit aller Kraft und allem Fleiß in deinem Glück versenke?

KÖNIG Nein! Nur wenn du fühlst, genießt, blühst du zu höchster Schönheit auf.

EISPRINZESSIN Ich fühle nichts. Was ich nicht fühle, kann ich nicht genießen. Nach Sizilien folgt ich dir umsonst.

KÖNIG Ja, ja! Ich meinte nein.

EISPRINZESSIN Ich traue dir nicht mehr.

KÖNIG Ja, ja. Ja, traue mir. Ja, ja! O, ja!

TEUFELS GROSSMUTTER Da fahrn zwei Mädchen übers Meer nach Süden. Warme Winde wehen. Sanfte Wellen heben sie auf weißen Sand. Sizilien. Tiefer Schlaf. Am Morgen liegt die Eisprinzessin auf dem Segel auf dem Deck des Schiffs allein.

EISPRINZESSIN Wo bist du, meine Lehrerin? Wo bist du?

TEUFELS GROSSMUTTER Sie ist fort. Das Schiff ist leer. In ganz Sizilien ist sie nicht zu finden, keiner kennt sie, keiner weiß von ihr.

EISPRINZESSIN Das junge Mädchen, das den König liebt.

TEUFELS GROSSMUTTER Da gibt es viele junge Mädchen, die den König lieben. Frag den König selber.

EISPRINZESSIN Nein, den König frag ich nicht, der soll mich hier nicht sehn.

TEUFELS GROSSMUTTER Kein Mensch weiß Rat. Den König fragt sie nicht, läuft lieber übern weißen Strand und weint. Die Eisprinzessin weint. Zum ersten Mal in ihrem Leben weint sie Tränen. Mit ihr weint der Himmel Regen, doch sie fühlt ihn kaum. Nur Schmerz. Nur Sehnsucht.

EISPRINZESSIN Warum bist du fort? Warum? Ich will dich wiedersehn. Ich brauch dich doch. Wie soll ich ohne dich erblühn zu höchster Schönheit? Wie?

TEUFELS GROSSMUTTER Tags läuft sie weinend übern Strand. Nachts liegt sie auf dem Segel auf dem Deck des Schiffs, träumt von der Sizilianerin.

EISPRINZESSIN Ich seh dich, meine Augen sehen dich, mir ist, als fühl ich süß und wohlig warm, mir ist, als fühl ich.

TEUFELS GROSSMUTTER Lange geht das so. Der Regen will nicht enden. Eines Tages kommt die Sonne doch. Soldaten ziehn vorüber. Neugier packt die Eisprinzessin.

EISPRINZESSIN Wo Soldaten sind, ist auch der König! Wo der König ist, ist SIE! Ich werfe mich zu ihren Füßen hin. Ach, König! Laßt sie mir nur einen Tag! Nur einen! Sie!

TEUFELS GROSSMUTTER Der König ist bei den Soldaten. Sie aber fehlt.

EISPRINZESSIN Ist sie schon fort, die Eisprinzessin töten? Nach Norden? Ach, schöne Sizilianerin! Hier bin ich! Hier! Komm zu mir, töte mich!

TEUFELS GROSSMUTTER Die Eisprinzessin wirft sich in den heißen Staub dem König vor die Füße.

EISPRINZESSIN Ach, König, helft! Ich such ein Mädchen, eine schöne Sizilianerin. Seit sieben Wochen such ich sie. Sie kennen sie. Sie liebten sie. Wo ist sie? Bitte, sagt es mir. Ich muß sie finden.

KÖNIG Stehe auf und schau mich an.

TEUFELS GROSSMUTTER Sie steht nicht auf und schaut ihn auch nicht an. Er soll sie nicht erkennen.

KÖNIG Sag mir, warum mußt du sie finden?

EISPRINZESSIN Weil ich sie – ach, ach – ich kanns nicht sagen – muß sie finden, sehne mich, sie noch einmal zu sehen – einmal noch – noch einmal – sie!

TEUFELS GROSSMUTTER Der König beugt sein Knie, ergreift die Hand der Eisprinzessin, zieht sie hoch zu sich.

EISPRINZESSIN Was faßt er mich so an? Das soll er nicht. Was zieht er mich empor. Ich will das nicht.

KÖNIG Du zitterst, Mädchen.

EISPRINZESSIN Nein, ich zittre nicht!

KÖNIG Schau auf zu mir. Ich will dich küssen.

EISPRINZESSIN Das will ich nicht.

TEUFELS GROSSMUTTER Er soll die längst Erkannte nicht erkennen.

EISPRINZESSIN Nein! Auf keinen Fall!

KÖNIG Sei ruhig, Mädchen, denn ich will dir helfen. Du sehnst dich, sie nochmal zu sehen?

EISPRINZESSIN Ja.

KÖNIG Ich will dich zu ihr führen, komm mit mir.

EISPRINZESSIN O, ja, ich komme, ja, zu ihr.

KÖNIG Siehst du das Schiff am Strand dort liegen?

EISPRINZESSIN Ja, gewiß. Jedoch – dort ist sie lange schon nicht mehr.

KÖNIG Dort ist sie, glaube mir.

EISPRINZESSIN Nein, nein, ich bin allein auf diesem Schiff seit sieben Wochen. Tag und Nacht. Allein.

KÖNIG Tief unter Deck ist eine Kammer.

EISPRINZESSIN Eine Kammer?

KÖNIG Ja.

EISPRINZESSIN Dort war sie sieben Wochen ganz allein? Das kann ich dir nicht glauben, König.

KÖNIG Bleib hier am Strand zurück. Ich geh zu ihr und schicke sie zu dir hinaus, vertraue mir.

EISPRINZESSIN Ja, schicke sie! Ja, ja! Ich danke dir, hochedler König, ja! Womit kann ich es dir danken?

KÖNIG Du hast so viel, mein schönes Mädchen, womit du es mir danken kannst. So viel.

TEUFELS GROSSMUTTER Der König geht aufs Schiff und unter Deck in jene Kammer und reißt die Goldgewänder sich vom Leib und glüht vor aufgestauter Liebe. Da stößt die Großmutter des Teufels der so verwirrten Wartenden ins Hinterteil, daß sie dem König hinterher tief unter Deck ins Innere des Schiffes taumelt, wo sie heimlich sieht, was es zu sehen gibt. Der nackte König hat im Rücken eine Narbe von einem Zapfen Eis von kleinen Narben eingesäumt von spitzen Teufelszähnen, und vorne springt sein Glück hervor. So schlüpft er in das Kleid der Sizilianerin, das er aus einer Kiste zieht, und geht als Sizilianerin vom Schiff. Der Strand ist leer. Der König fragt mit glockenheller Stimme die Soldaten.

KÖNIG Heh! Wo ist sie hin?

TEUFELS GROSSMUTTER Doch ehe eine Antwort kommt, tritt goldgewandet aus dem Schiff die Eisprinzessin und befiehlt mit markigem Organ.

EISPRINZESSIN Das Weib hat mich beleidigt, nehmt es fest und werft es in den Turm, der weder Fenster hat noch Türen.

TEUFELS GROSSMUTTER Da packen die Soldaten ihren König, weil sie ihn für ein freches Weibsbild halten und werfen ihn in jenen Turm, der weder Fenster hat noch Türen und ziehen weiter mit der Eisprinzessin, die sie für ihren König halten, indes ihr König in dem Turme schmachtet bei einem Krug von Wasser und bei einem Laib von Brot. Schon sieben Wochen schmachtet er in seinem Turm.

Dann kommt der große Tag, an dem der König von Sizilien Hochzeit feiern will, und alle sind aufs Schloß geladen und alle sind gespannt und rätseln, wen wohl der König sich zur Frau erwählen wird, denn keine sah man je an seiner Seite.

Da endlich stellt die Großmutter des Teufels, die das Gewand des Priesters über sich geworfen hat, die heißersehnte Frage: König, sprecht: Wer ist die neue Königin? Wer ist die Frau, mit der ich Euch vermählen soll?

EISPRINZESSIN Die neue Königin sitzt in dem Turm, der weder Fenster hat noch Türen. Sie hat sich sieben Wochen dort auf ihre Hochzeit vorbereitet. Bringt sie zu mir und waltet Eures Amtes, Priester.

TEUFELS GROSSMUTTER Da werfen sie das Brautkleid durch ein Loch im Dach und ziehn den König als die neue Königin zum Turm heraus. Die Hochzeitsgäste rufen Ah und Oh beim Anblick jener schönen Braut mit schwarzem Vollbart. Jedoch dem Bräutigam gefällt die Braut. Schon am Altar raunt er begeistert ihr ins Ohr.

EISPRINZESSIN Ach, Liebste, welch ein süßer Regen rinnt bereits durch meinen Körper, wenn meine Lippen deinem Ohr auch nur mit halber Kraft und halbem Fleiße diese Worte anvertrauen.

TEUFELS GROSSMUTTER Und die Soldaten sehn das Königspaar, das Arm in Arm im Schloß verschwindet und sehn die Großmutter des Teufels über die Erde davonfegen zur Hölle hin. Um Dornen macht sie große Bögen. Aus der Ferne ruft sie den Soldaten zu. Wer wenig fühlt, soll sich ein Mädchen aus Sizilien suchen.

MAC UND MOLLI

MAC Ich liebe dich, Molli. Ich wisch dich ab, Molli.
Mac vögelt mit Molli. Dann wischt er ihren Schoß mit einem Tuch trocken.
Ich steche dich, Molli. Ich wisch dich ab, Molli.
Er ersticht sie und wischt das Blut mit dem Tuch von ihrem Leib.
Ich beweine dich, Molli, Ich wisch dich ab, Molli.
Er beweint sie und wischt ihr seine Tränen mit dem Tuch aus ihrem Gesicht.
Dann zieht er sie zu sich hoch und schüttelt sie.
Vielleicht kannst du auch mal was machen, Molli?

VOR DER OPERATION

Ein siamesisches Zwillingspaar mit einem männlichen und einem weiblichen Oberteil verläßt sein Krankenhausbett, um sich aufrecht im Sprechen zu üben. Es tut sich schwer mit dem Sprechen.

HUBERT Wir werden alles sagen, Anita.
ANITA Ja, Hubert, wir werden alles erklären.
HUBERT Sie werden alles schon vorbereitet haben –
ANITA Ja, aber, wir müssen trotzdem –
HUBERT Wir müssen es ganz ruhig sagen, damit es überzeugend klingt.
ANITA Ja, Hubert, ganz ruhig.
HUBERT Wir dürfen uns nicht aufregen.
ANITA Wir üben es, damit es ganz ruhig und überzeugend klingt!
HUBERT Ja, das machen wir. Stell dir vor, da vorne sitzt der Herr Professor von der Chirurgischen Abteilung und die anderen Damen und Herren aus dem OP.
ANITA Ja, Hubert, wir gehen jetzt ganz ruhig auf sie zu und sagen Ihnen alles.
HUBERT Ja.
ANITA Ja.
HUBERT Fang du an.
ANITA Nein, du.
HUBERT Sehr geehrter Herr Professor!
ANITA Liebe Damen und Herren von der Chirurgischen Abteilung!
HUBERT Es tut uns sehr leid, daß wir erst jetzt, so kurz vor der Operation –
ANITA Wo sie schon alles vorbereitet haben, aber es ist–

HUBERT Es ist so: Wir haben vierunddreißig Jahre lang in uns nur unglückliche Geschwister gesehen, aber heute nacht –

ANITA Heute nacht haben wir –

HUBERT – in uns die Frau –

ANITA – und den Mann –

HUBERT – entdeckt.

ANITA Wir haben entdeckt, wie Mann und Frau –

HUBERT Wir haben zum ersten Mal erfahren, wie es ist –

ANITA Darum wollen wir jetzt doch lieber zusammen –

HUBERT Zusammenbleiben.

ANITA Ja, wir wollen zusammenbleiben. Wir haben uns –

HUBERT Ja, wir haben uns –

ANITA Lieb. *Sie küssen sich. Eine Krankenschwester erscheint mit einer Spritze in der Hand und ruft nach ihnen.*

KRANKENSCHWESTER Hubert! Anita! *Die beiden fahren auseinander.* Da seid ihr! Ihr Ausreißer! Was habt ihr euch dabei gedacht? Wir wollten doch so kurz vor der Operation nicht mehr das Bett verlassen!

ANITA Wir haben nur –

KRANKENSCHWESTER Ihr habt nur eine Beruhigungsspritze gewollt, scheint mir. *Hubert und Anita legen sich in ihr Bett.*

HUBERT Nein –

ANITA Nein, bitte nicht.

HUBERT Wirklich nicht. Wir sind doch ganz ruhig.

KRANKENSCHWESTER Jetzt bitte keine Widerrede.

HUBERT Ganz ruhig.
ANITA Wir wollten nur –
KRANKENSCHWESTER *verpaßt beiden eine Spritze.*
So ist es gut. So ist es gut.

Das alte Spiel

Ein Mann liegt flach auf dem Bauch einer Frau zu Füßen.

MANN Ich liebe Sie.
FRAU Mit allen Fasern Ihres Herzens?
MANN Jawoll.

Rudi rauft sich verzweifelt die Haare. Ratte tritt zu ihm.

RUDI Was ist los mit mir? Mir steht die Scheiße bis zum Hals. Ich bin so leer. So ausgebrannt. Ich will was Ordentliches schaffen, aber kein Schwanz verlangt etwas von mir.

RATTE Komm her, du armer arbeitsfixierter Knochen, und laß dich ans Herz drücken.

RUDI Ist gut gemeint, Ratte. Aber jetzt nicht. Mir gehts nicht so doll.

RATTE *verkrümelt sich* Tschuldigung, Tschuldigung. Mir gehts nicht so doll. Das roch man doch drei Meilen gegen den Wind. Deshalb bin ich doch hin zu ihm. Ihn wieder auf Trab bringen, den Trauerkloß. Mir gehts nicht so doll.

Die blonde Giesche trippelt vorbei. Ratte springt mit ihren gefletschten Rattenzähnen der blonden Giesche ins Blickfeld.

Aber wenn ich ihm die blonde Giesche auf den Pelz jage, diese aufgetakelte, lackierte Schlampe –

GIESCHE *flieht kreischend in die Arme des Jünglings* Iii! Ratten!

RATTE – ist alles in Butter.

GIESCHE *in den Armen des Jünglings* O Gott, entschuldigen Sie.

RUDI Beruhigen Sie sich. Jetzt ist alles gut. Hier sind Sie sicher.

GISCHE Mein guter Ritter.

RATTE Alles in Butter.

Die Suppe

Der sechsjährige Harald sitzt mit seiner Mutter bei Tisch und löffelt ohne jeden Appetit seine Suppe.

HARALD Männer sind besser als Frauen.
MUTTER Ausgerechnet du mußt sowas sagen.
HARALD Männer sind stärker im Geist und am Körper.
MUTTER Quatsch nicht so dumm, wenn mehr Frauen in der Regierung säßen, sähe manches anders aus.
HARALD Schlechter.
MUTTER Nein, besser! Frauen haben viel mehr Gefühl für –
HARALD Eben.
MUTTER Was heißt hier eben?
HARALD Nicht auf's Gefühl, hier drauf kommt es an. *Er tippt sich an die Stirn.*
MUTTER So. Madame Curie war also dumm.
HARALD Stockdumm.
MUTTER Lümmel! *Sie gibt Harald eine Ohrfeige.*
HARALD Typisch. Wenns woanders nicht reicht, kommt man mit Gewalt. Sowas will in die Politik. Von der Sorte haben wir allmählich genug, würde ich sagen.
MUTTER *heult* Wie redest du mit deiner Mutter.
HARALD Au wei, jetzt noch Geheule. Wir Männner müssen schon was mitmachen. *Mutter vergräbt sich schluchzend hinter ihren Händen, bis Harald es nicht länger aushält und sie ganz vorsichtig antippt.* Mutter, die Suppe war heut richtig prima.

Mutter liegt auf dem Rücken, Vater sitzt mit dem Hintern auf ihrem Gesicht, vor ihm steht trotzig und spukkend der Sohn.

VATER Nun gut. Auch ich habe Fehler gemacht. Wolltest du das hören? Ich habe mich zum Beispiel nie getraut, meinem Vater vor die Füße zu spucken, den ich, obwohl er meine Mutter wie ein Tier behandelte, von Herzen liebte.
Der Sohn wendet sich ab und geht.
Obwohl ich nie in seine Augen schauen konnte, weil ich ihm partout meine Zuneigung verbergen mußte, denn er sollte um Gottes Willen nicht wissen, wie sehr ich ihn liebte und schätzte.

DER GESANG MEINER FRAU

Ein Ehemann und seine Geliebte im Ehebett beim rasenden nicht endenwollenden Vollzug des Geschlechtsaktes. Seine Ehefrau steht neben dem Ehebett und singt vom Blatt.

EHEFRAU Seltene Blume Männertreu,
wo bist du zu finden?
Nicht in steilen Berges Höhen,
nicht in Tales Gründen,
nicht in steilen Berges Höhen,
nicht in Tales Gründen.
GELIEBTE O, Wulf!
EHEFRAU Männertreu, sprach man zu mir,
blüht nicht mehr auf Erden,
darum laß dein armes Herze
hart wie Marmor werden,
darum laß dein armes Herze
hart wie Marmor werden.
EHEMANN Was ist?
EHEFRAU Einstens stieg ich auf den Berg
bis zum höchsten Gipfel,
doch von Männertreu fand ich
nicht den kleinsten Zipfel,
doch von Männertreu fand ich
nicht den kleinsten Zipfel.
GELIEBTE Nicht so schnell!
EHEFRAU War mal schön und jung an Jahren,
als die Liebe neu war.
Jeder wollt sich mit mir paaren,
keiner, der mir treu war,

jeder wollt sich mit mir paaren,
keiner, der mir treu war.
EHEMANN Der Gesang meiner Frau –
EHEFRAU Darum trau den Männern nicht,
wenn sie mit dir scherzen,
keiner hält, was er verspricht
armen Weiberherzen,
keiner hält, was er verspricht
armen Weiberherzen.
GELIEBTE Ja, Wulf?
EHEFRAU Anfangs hat so mancher schnell
Lieb und Treu geschworen,
doch der Mann, der sowas hält,
ist noch nicht geboren,
doch der Mann, der sowas hält,
ist noch nicht geboren.
EHEMANN Der Gesang meiner Frau –
EHEFRAU Daß ein Herz daran zerbricht,
scheint euch nichts zu machen.
Ach, ihr grausam argen Männer,
was macht ihr für Sachen,
ach, ihr grausam argen Männer,
was macht ihr für Sachen.
GELIEBTE Ja, Wulf?
EHEFRAU Ach, mein jammervolles Herz,
höre auf zu klagen.
Weiber müssen diesen Schmerz
schon seit ewig tragen,
Weiber müssen diesen Schmerz
schon seit ewig tragen.
EHEMANN Der Gesang macht mich rasend.
EHEFRAU Weil es Männertreu nicht gibt,
ist sie nicht zu finden,
nicht in steilen Bergeshöhen,

nicht in Talesgründen,
nicht in steilen Bergeshöhen,
nicht in Talesgründen.

Der Spanner

Ein Spanner sitzt in einem Baum und schaut sehr angeregt in ein schwach beleuchtetes Fenster. Plötzlich erscheint ein nackter Mann am Fenster und sieht den Spanner.

NACKTER MANN Ich bring dich um, du Schwein.
SPANNER Sie waren einsame Spitze.
NACKTER MANN Ehrlich? Sowas sagt sie mir nie.

Der missratene Sohn

Auf einem Tisch liegt eine leere Flasche, unter dem Tisch eine betrunkene Frau. Neben dem Tisch steht ein Stuhl. Über seiner Lehne hängt ein Jackett.

Betrunkene *zum Jackett* Ach, Herr Oberkellner! Danke, es geht schon, Herr Oberkellner, ich schäme mich so – für meinen Sohn. Die eigene Mutter unter den Tisch saufen und sich dann verpissen, ohne die Rechnung zu begleichen. Das ist keine Art, Herr Oberkellner. Ich schäme mich so.

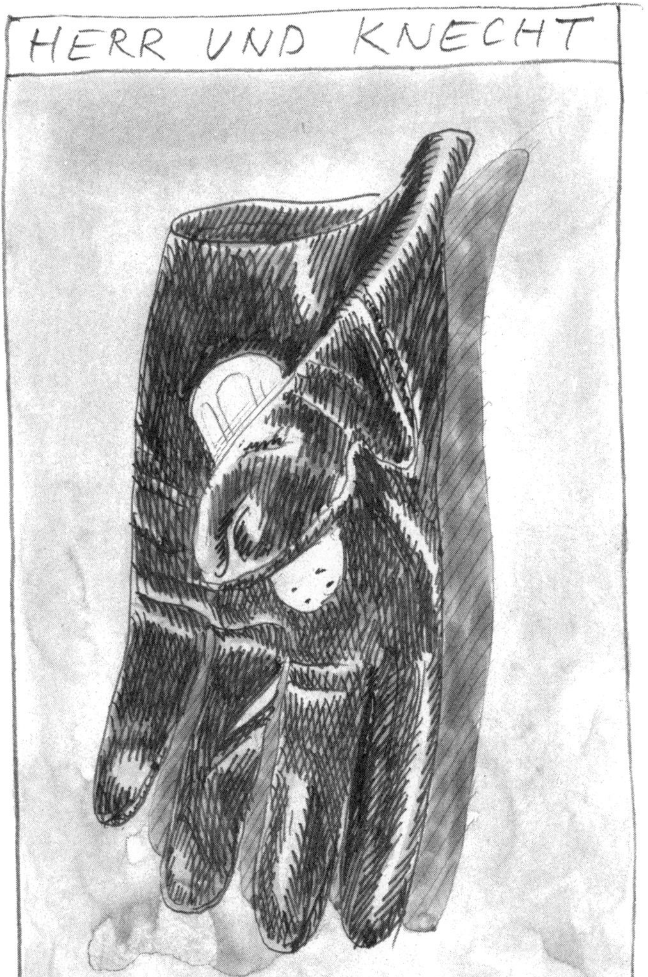
HERR UND KNECHT

Der Abstand

Ein mächtiger Herr sitzt in einiger Entfernung über einem mickrigen Knecht. Beide haben ein großes Glas Bier vor sich. Der Herr säuft sein Bier aus, während der Knecht noch die Schaumkrone seines Bieres bewundert.

KNECHT Ist das nicht grotesk? Nur weil wir unser Bier verwechseln könnten, ist der Abstand zwischen uns.

Der Herr schiebt einen meterlangen Halm in das Bier des Knechts und säuft auch dessen Glas leer.

HERR Ich befürchte, daß Sie das etwas zu vereinfacht sehen.

Page Herbert

Der Page Herbert tritt mit einem ausgestopften Kauz und einem Topf siedenden Schmalzes vor den griesgrämigen König.

PAGE HERBERT Guten Tag, mein König, Frohsinn sehe ich dort wenig.
Er tippt dem König ins Gesicht. Die Laune des Königs verschlechtert sich zusehends.
Das kann so nicht weitergehn, drum will ein lustig Ding ich drehn. So wahr ich Page Herbert bin, will ich ändern deinen Sinn. Mit diesen beiden Sachen, bring ich dich zum Lachen: Also, paß auf. Dieser kleine Kauz, fliegt dir in die Schnauz.
Er schleudert dem König den Kauz ins Gesicht. Die Laune des Königs verschlechtert sich zusehends.
Und das heiße Schmalz zischt dir an den Hals.
Er schüttet dem König das Schmalz ins Gesicht. Die Laune des Königs verschlechtert sich zusehends.
Hinterdrein der Topf, trifft genau den Kopf.
Er wirft dem König den Topf an den Kopf. Die Laune des Königs verschlechtert sich zusehends.
Und zuletzt der Page. Rein in die Visage.
Er springt dem König ins Gesicht, daß der vom Thron fällt. Seine Krone rollt von der Bühne.
Für mein bescheidnes Spiel begehre ich nicht viel, dein halbes Reich, dein Töchterlein, behalt sie, nur ein Gläschen Wein würd ich jetzt gerne haben, um mich daran zu laben.

DER KÖNIG Rrrauuss!!

Die sprechende Fliege

In flirrender Mittagshitze spielt der Diener Harald mit seiner Fingerspitze eine Fliege, die seinen in Gedanken verlorenen Herrn anfliegt.

DIENER HARALD Summ summ summ surr.

HERR *erhascht die Fingerspitze seines Dieners.* Hab ich dich endlich, garstige Fleige! *Er will sie zerdrükken.*

DIENER HARALD Aua!

HERR Eine Fliege, die spricht?

DIENER HARALD Ich bins doch nur, Ihr Diener Harald.

HERR Spuk! Wahnsinn! Teufelswerk!

Mätzedis

Ein Landstreicher liegt am Straßenrand. Ein vornehmer Herr biegt geruhsam in seinem blitzenden Mercedes Cabriolet um die Ecke.

LANDSTREICHER Na? Mitm Mätzedis durchs Land kutschen, was?

MERCEDESFAHRER *hält* Wiebitte?

LANDSTREICHER Ich meinte: Sind wohl gerade dabei, mitm Mätzedis die Landstraße runterschrubben, was? – Macht Spaß, was?

MERCEDESFAHRER Natürlich macht es Spaß, aber was geht Sie das an?

LANDSTREICHER Nix. Um Gottes Willem, nix.

MERCEDESFAHRER Mischen Sie sich doch nicht in fremder Leute Angelegenheit.

LANDSTREICHER I wo, mach ich nich. Geht in Ordnung. Alles klar. Aber –

MERCEDESFAHRER Was aber?

LANDSTREICHER Wenn ich mir so überleg. Mitm nietenagelneuen Mätzedis! Ich würde fast nicht mehr werden hinterm Steuer von nem nietena –

MERCEDESFAHRER Das ist mir völlig schnuppe, mein Herr, ob Sie nicht mehr werden würden oder – ach, was – *Er fährt davon.* Was muß ich mich auch auf ein so unfruchtbares Gespräch einlassen.

Das Loch im Zaun

Zwei Gesellen stehen an ein kurzes Stück Lattenzaun gelehnt und rauchen. Plötzlich läßt der eine seine Zigarette fallen und tritt sie aus.

GESELLE Der Meister kommt.

SPIESSGESELLE *tritt hinter den Zaun* Alles klar.

Der Geselle drückt sein Ohr an den Zaun, als gäbe es dort etwas Wunderbares zu hören.

MEISTER *tritt auf* Was gibt es denn da Schönes zu erlauschen?

GESELLE Himmelsmusik.

MEISTER Himmelsmusik? Dürfte ich da auch einmal –?

GESELLE Ich habe zwanzig Mark für diesen Platz bezahlt.

MEISTER Zwanzig Mark? Hier sind zwanzig Mark. Wenn ich dann auch, bitte einmal –.

GESELLE Jetzt nicht. Es ist zu schön.

MEISTER Bitte! Hier sind dreißig Mark.

GESELLE Vielleicht später.

MEISTER Vierzig!

GESELLE Also gut. *Der Meister lauscht, der Geselle gibt dem Spießgesellen den Einsatz.* Jetzt! *Der Spießgeselle brüllt, daß dem Meister die Brille vom Kopf, und der Meister selbst auf den Hintern fällt.*

MEISTER Sie!!

GESELLE Bei mir war Himmelsmusik. *Er rollt einen der beiden Zwanzigmarkscheine zusammen und steckt ihn seinem Spießgesellen durch den Zaun zu.*

DAS WÄMSLEIN

Der Papst tritt vor einen Ladentisch. Eine Verkäuferin fragt nach seinen Wünschen.

VERKÄUFERIN Heiliger Vater, was darf es sein?
PAPST WIR brauchen ein Wämslein für Magen und Bein.
VERKÄUFERIN *zeigt ihm eine riesige wollene Unterhose* Solch Wämslein heißt Hose in unserer Zeit.
PAPST *steigt in die Hose* Ist UNS diese Hose nicht etwas zu weit?
VERKÄUFERIN *steigt auf den Ladentisch* Ich meine, sie dürfte uns ungefähr passen.
PAPST *führt vor, wie sehr ihm die Hose zu weit ist* Ja, wenn WIR sie radikal umändern lassen.
VERKÄUFERIN *springt vom Ladentisch, und dem Papst in die Hose hinein* Vater, sie sitzt uns doch herrlich am Leib.
PAPST Herrscher der Hölle! Dein Name heißt Weib.

Der Chef hat Geburtstag

Der Chef hat eine mit vierzig brennenden Kerzen bestückte Kokosflockentorte auf dem Kopf. Seine Angestellten singen und musizieren so viele Strophen bis Kerzen und Chef heruntergebrannt sind.

ANGESTELLTE

Wer hat denn heut Geburtstag, trallerallala,
trallerallala,
der Chef hat heut Geburtstag, trallerallala.
Da gibt es schöne Torte, trallerallala, trallerallala,
da freun sich alle Angestellten, trallerallala.
Der Chef ist unser bester, trallerallala, trallerallala,
von Weihnacht bis Silvester, trallerallala.
Wir jubeln und wir singen, trallerallala, trallerallala,
da gibt es bald Gehaltszulage, trallerallala,
und so fort.

GELD ODER LEBEN

Ein armer Wicht hat sein letztes Geld für eine Pistole ausgegeben, um mit ihrer Hilfe zum reichen Dieb zu werden. In dunkler Straße hämmert er sich noch einmal ein.

DIEB Geld oder Leben? Geld oder Leben? Geld oder Leben?
Ein steinreicher Herr kommt die Straße herab. Der Dieb nimmt alle Kraft zusammen und tritt dem Herrn mit gezückter Pistole entgegen.
Beld oder Legen?

HERR Wiebitte?

DIEB Ge-ge-geld oder Gegen. Geld regiert die Welt – ä – Welt oder Degen? Welt oder Regen? Welt oder Reben? Welt oder *Leben?* Oderleben? *Über*leben! Welt über Leben? – ä – *Geld* über Leben!

HERR Geld überleben?

DIEB Über*legen!* – ä – nein. Ich meinte: Geld *über* – nein: Geld *oder* geben. Über, oder, unter, vor und zwischen regieren den Wem-Fall. Oder? Oder! Das ist es: *Gelb oder Leben!*

HERR Gelb?

DIEB O, Gott, was red ich. Gelb? Blau, rot, grün, braun, violett, orange – range? Ach was, *Er konzentriert sich.* Geld. Ich meinte Geld, nicht Gelb, ich meinte Geld! Geld oder Beben. Geldbeben, Weltbeben, *Erd*beben! Erdbeeren, entbehren – Ja, so ist es. Ich entbehre Geld – Geldes. Geld her! Geld will ich? Will ich. Und bist du nicht willig, so brauch ich Gewalt. Ich, – gewaltig – halt ich – halt ich dich um Geld an – Geldhahn –! Dreh den Geldhahn auf, oder ich schieß dich übern Hauf. Geld oder Leben? Ist das deutlich? Ist das klar? Geld oder Leben! Toter Leben. Toter leben? Tot, toter am totesten. Tot testen. Ich teste mich hier tot und Sie?

HERR Tut mir leid. Ich verstehe kein Wort. Meine Zeit ist außerdem knapp bemessen. Gute Nacht. *Er geht.*

DIEB Geld Toter Leben. Das heißt Geld gleich Toter Leben, gleich Leben der Toten. Das heißt Tote leben weiter, indem sie als Geld, das sie mal erwirtschaftet haben, weiterfließen, zirkulieren, weiterhin im Umlauf sind. Doch immer vorbei an mir! Warum? Weil ich nicht klar, nicht deutlich laut genug bin! Das muß sich ändern. Das muß sich ändern. *Er schreit in die Nacht hinaus.* Geld oder Leben? Geld oder Leben? Geld oder Leben?

Das Süppchen

Der Herr geht auf seinen Krückstock gestützt zornbebend auf und ab. Johannes, sein Diener, sortiert das Geschirr.

HERR Johannes!
JOHANNES *mit einem Stapel Teller im Arm.* Ja, Herr.
HERR Was machst du?
JOHANNES Ich sortiere das Geschirr, Herr.
HERR *schlägt ihm mit seinem Krückstock die obersten Teller aus dem Stapel. Sie gehen in Scherben.* Geschirr sortieren! Ich werd dir was, Geschirr sortieren. Wie der Herr, sos Gescherr. *Er schlägt weitere Teller in wachsender Wut aus dem Stapel, bis Johannes nur noch einen heilen Teller in der Hand hält. Sein Herr starrt auf den Scherbenhaufen.* Was hab ich getan? Wies Gescherr, so der Herr.
JOHANNES *kotzt den letzten Teller voll und serviert* Das Süppchen, Herr. Das wird Sie beruhigen. *Der Herr löffelt das Süppchen aus und beruhigt sich wieder.*

Intim

Dr. H. Warnicke steht auf der Lehne eines Stuhles, auf dessen Sitzfläche seine Sekretärin steht und ihrem Chef den Hosenlatz zuknöpft.

SEKRETÄRIN Erst die Arbeit, dann das Vergnügen, und dann wieder die Arbeit. So ist es doch, nicht wahr, Helmut? Warum schweigst du, Helmut? Bist du nicht zufrieden mit mir, Helmut? Hab ich etwas falsch gemacht? Warum antwortest du nicht? Soll ich gehen? Gut. Dann gehe ich. Aber bedenke eins, Helmut: Wenn ich gehe, fliegst du auf den Arsch.

DR. H. WARNICKE Das Verhältnis zwischen mir und meiner Sekretärin ist derart intim geworden, daß ich wohl oder übel den Chef über Bord werfen und zu ihr hinabsteigen muß, wenn ich nicht meinen Ruin und den meiner kleinen Firma riskieren will.

Torf und Asche

Quer auf der Bühne steht eine Mauer. Der Erzähler tritt auf.

ERZÄHLER Das Näschen.
Torfs Mutter wohnte auf der anderen Seite der Mauer. Die Mauer war zwischen ihr und Torfs Vater. Sie konnten sich schreiben. Sie konnten sich sehen. Sie konnten sich über die Mauer hinweg mit geballten Fäusten zuwinken. Das war das vereinbarte Zeichen. Es bedeutete Ja. Ja, wir wollen ein Kind. Torfs Vater hatte ein Plastiktütchen mit seinem Samen an einen Stein gebunden. Er schleuderte ihn in der kühlen Morgenluft über die Mauer hinweg. Das war im Mai. Im Januar hält ihm Torfs Mutter ihr Kind hoch. Es trägt eine weiße Wollmütze, aus der nur die Falten der geschlossenen Augen und das Näschen hervorsehen. Es ist so kalt, daß der Atem von Torfs Vater Wölkchen macht: das Glas seines Feldstechers beschlägt.

Der Schreyhals.
Torfs Vater sieht nicht viel von seinem Kind. Er sieht nicht, daß es mit zwei Mündern zur Welt gekommen ist. Der eine sitzt ihm unter dem Näschen, wo er hingerhört, der andere wie ein Furunkel im Nacken. Der eine lernt zu saugen, zu schmatzen, seine Stimme abzugeben und zu sprechen. Der andere will nur schreyen. In der ersten Zeit bleibt der Schreyhals stumm, doch je mehr er heranwächst, desto stärker drückt ihn sein Schuh, desto enger wird ihm sein Wams, desto häufiger schreyt er. Dann hört Torfs Vater sein Kind. *Geschrey.*

Der Name.
Noch immer hat Torf keinen Namen. Torfs Mutter will ihr Kind Tor nennen, denn »Tor« war ihrem Mund entfahren, als der Stein im Mai über die Mauer geflogen und in ihrer Einkaufstasche gelandet war. Torfs Vater will sein Kind F nennen, denn »F« war seinem Mund entfahren, als er sich den Samen heraus und in die Plastiktüte geschüttelt hatte, und »F« war dem Stein entfahren, als Torfs Vater ihn im Mai über die Mauer geschleudert hatte. Also nennen die Eltern ihr Kind Torf.

Die Mauer.
Je mehr Torf heranwächst, desto stärker drückt ihn sein Schuh, desto enger wird ihm sein Wams, desto schrecklicher schreyt er. *Geschrey wird lauter.* Er schreyt, daß ihm Blasen wachsen und Beulen wie bei einer Kröte. Auch schreyt er, weil er den blinkenden Ring an der winkenden Hand seines Vaters will. Er schreyt, daß es die Steine erweicht, und die Mauer zusammenbricht. *Die Mauer zerfällt zu einem Haufen Schutt und Unrat.* Sie bricht zusammen über Torf. Sie bricht zusammen über seine Eltern. So kommen sie alle zusammen. Torf bekommt den Ring. Torf bekommt bequemere Schuh. Torf bekommt ein weiteres Wams. Sein Vater und seine Mutter könnten sich nun ein erstes Mal begreifen und begreifen sich doch nicht.

Die Operation.
Damit nicht noch weitere Mauern fallen, wird Torf ergriffen. Ihm wird der Schreyhals operiert, herausgeschnitten und entfernt und fortgeworfen auf den Müll. *Ein Stück blutiges Fleich mit einem Mund darin fliegt*

in hohem Bogen aus dem hinteren Teil des Schutthaufens auf seinen vorderen Teil. Dort schreyt er nur noch leis in seltenen Vollmondnächten. Torf saugt und schmatzt und schreit, gibt seine Stimme ab und redet nun mit seinem Mund wie jedermann. Er tut das selten, denn Torf geht nach Brot und Asche hat das Sagen. *Erzähler ab. Der Vorhang schließt sich.*

TORF *tritt krumm, starr, verbeult, schmutzig und böse blickend vor den Vorhang, hebt seine Linke, ballt sie zur Faust und spricht zu seiner Rechten, an der der Ring prangt* Schau sie dir an. Sie hat Rückgrat. Aber du – ? Du gefällst mir nicht.

TORFS RECHTE *für sich* Als ob ich dem gefallen wollte.

TORF Nein. Du gefällst mir nicht.

Locker und würdevoll tritt die glänzende, gut und edel blickende, aufrechte Herrenfigur Asches durch den Vorhang hinter Torf, den er als sein Rednerpult benutzt. Torfs Faust ist ihm sein Mikrophon, das er sich auf Mundhöhe zurechtbiegt. Er hält eine große und wichtige Rede, die so übersteuert klingt, daß kaum ein Wort zu verstehen ist. Im Gestus des hinreißenden Redners hämmert er auf Torf herum, reißt ihm Haare vom Kopf, stößt ihm seinen Zeigefinger ins Auge, drückt ihm Beulen aus, um die daraus aufspritzende rötliche Brühe zu trinken, und so fort. Torf erträgt das in stoischer Ruhe. Es kommt während der Rede zu wiederholtem Beifall (Tonbandeinspielung), in den Torfs Rechte begeistert einsteigt. Am Ende läßt sich Asche mit erhobenen Armen vom Beifall der Menge feiern, reißt Torf ein Ohr ab, um sich den Schweiß damit von der Stirn zu wischen und geht unter frenetischem Beifall ab. Torf bleibt unbewegt zurück. Rötliche Grütze quillt ihm aus der Ohrwunde. Der Vorhang öffnet sich hinter ihm. Torf holt tief Luft, läßt einen Seufzer ab und kriecht in aller Ruhe in seinen Haufen Schutt und Unrat.

TORF Du hast geklatscht.

TORFS RECHTE Nun ja.

TORF Warum hast du geklatscht?

TORFS RECHTE Er hat gut gesprochen. Er hat mich überzeugt.

TORF Du hast ihm das Maul abgewischt.

TORFS RECHTE Na und?

TORF Du widerst mich an.

TORFS RECHTE Das mußt *du* sagen.

TORF Du hast keine Würde.

TORFS RECHTE Ich habe einen Ehrgeiz.

TORF Noch einmal so etwas, und ich nehme dir Vaters Ring vom Finger.

TORFS RECHTE Nein! Bitte nicht.

TORF Du hast so einen Ehrgeiz. Aber eine Ehre hast du nicht. Hilf mir das Nachtlager richten.

TORFS RECHTE Ja. *Sie wirft schlampig Unrat zur Seite.* Pfui Teufel.

TORF Manchmal frage ich mich: Ist das noch meine Hand?

TORFS RECHTE Manchmal frage ich mich: Was habe ich mit dem zu schaffen? *Sie schüttelt sich vor Widerwillen.*

Torf gräbt sich tiefer in den Haufen Schutt und Unrat und verschwindet darin. Asche erscheint. Er entledigt sich angewidert über dem Haufen einigen Unrates, der sich bei ihm an Kleidung, Zähnen, Hut, Schuhsohlen und Ohren angesammelt hat, putzt sich mit dem Vorhang, schließt ihn von außen vor dem widerwärtigen Anblick des Haufens, winkt einen hölzernen Kleider-

ständer herbei – Auftritt Kleiderständer –, entledigt sich seiner vornehmen Gewandung, die er an den Kleiderständer hängt, so daß der immer großartiger und Asche immer erbärmlicher wird. Asche ist hingerissen vom Äußeren des Kleiderständers, schäkert und tanzt wie ein albernes, verliebtes Mädchen mit ihm, küßt ihn, geht auf die Knie und betet. Es klingt verhallt wie in einer leeren Kirche, daß kaum ein Wort zu verstehen ist. Sein Herrgott läßt ein pralles Bettdeck vom Himmel fallen. Asche bettet sich darin und schläft ein. Der Vorhang öffnet sich sacht wie im Traum. Der Mond geht auf. Aus dem herausoperierten Schreyhalsstück kommt leises Geschrey. Torfs Rechte kriecht wie ein Maikäfer bei Max und Moritz über das Bettdeck auf den Kopf des schlafenden Asche zu. Sie streichelt Asches Kopf, daß der wohlig aufgrunzt, fährt ihm übers Gesicht, daß Asches Mund nach Torfs Fingern schnappt und wie ein Kälbchen an den Zitzen eines Kuheuters an ihnen herumlutscht, schleckt und schluckt, bis – schwupp – der Ring vom Finger geschleckt ist. Ein kurzer Aufschrey. Die Hand huscht erschrocken vom Bettdeck, im Müllhaufen bewegt sich etwas. Auf seinem Gipfel bohrt sich Torfs Kopf aus dem Unrat ans Licht.

TORF Wo warst du? *Keine Antwort.* He, ich red mit dir.
TORFS RECHTE *bohrt sich aus dem Unrat ans Licht* Sprichst du mit mir?
TORF Mit dir.
TORFS RECHTE Ich war, wo ich immer bin als dein kleiner und friedlicher Nachbar: an deiner Seite.
TORF Mir träumte, du seist auf und davon und hättest dir wer weiß von wem meinen Ring vom Finger schlecken lassen.

TORFS RECHTE Unsinn.
TORF Zeig ihn mir.
TORFS RECHTE Nein. Ist denn das die Möglichkeit? Ich muß ihn verloren haben.
TORF Meines Vaters Ring?
TORFS RECHTE Beim Nachtlagerrichten.
TORF Was sagst du?
TORFS RECHTE Ich sollte das Nachtlager richten. Du hast es so von mir gewollt.
TORF *zieht ein rostiges Sensenblatt aus dem Haufen Unrat* Ich hungere, und du läßt dir den Ring vom Finger schlecken.
TORFS RECHTE Er wird im Haufen liegen.
TORF Ich bin dich leid, du ehrloses Luder. Du hast mich das letzte Mal betrogen. Ich werde mich von dir trennen. Ich werde dich abschneiden. Ich werde dich braten. Ich werde dich essen. Ich werde dich auf den Haufen scheißen. *Torf schneidet sich die Hand ab.*
TORFS RECHTE *schreit* Zu Hilf! Er will mich abschneiden. Er will mich braten! Er will mich essen! Er will mich auf den Haufen scheißen.
ASCHE *stöhnt im Schlaf, wirft sich hin und her, richtet sich plötzlich mit aufgerissenen Augen auf und zeigt triumphierend auf Torf. An seinem Finger prangt der Ring. Seine Worte klingen so übersteuert und verhallt, daß sie kaum zu verstehen sind.* Jetzt hab ich dich! Du hast dich vergangen gegen die freiheitliche Grundordnung. Gib ihm sogleich seine Freiheit wieder, deinem kleinen und friedlichen Nachbarn.
TORF *hält die abgeschnittene Hand hoch* Das ist meine Hand. Ich mache mit ihr, was ich will.
ASCHE *wendet sich zum Publikum* Ich rufe die Presse! Ich rufe die Öffentlichkeit! Ich rufe das Volk! Ihr habt es gesehen! Ihr habt es gehört! Er hat ihn

heimtückisch überfallen. Er hat ihm die Freiheit geraubt. Er hat ihn abgeschnitten. Er will ihn braten. Er will ihn essen. Er will ihn auf den Haufen scheißen. Ich rufe die Presse! Ich rufe die Öffentlichkeit! Ich rufe das Volk! Wo bleiben die Proteste?! Ich will Proteste hören! Proteste! *Er schüttelt Geldscheine aus dem Bettdeck ins Publikum und fordert dafür Proteste, bis er sie endlich bekommt.* Ich will sie hören! Ich will sie hören! Ich will sie hören!

Das Publikum liefert Protestgeschrei (Tonbandeinspielung).

ASCHE *begeistert Geldscheine schüttelnd zu Torf* Hörst du das Volk? Die Mehrheit ist empört. Sie ist gegen deine ruchlose Tat. *Er lacht unbändig.* Das Volk! Die Mehrheit ist auf meiner Seite! *Er wirft sich auf sein Bettdeck dem Kleiderständer zu Füßen und betet, bis er einschläft. Seine Worte klingen so verhallt, daß sie nicht zu verstehen sind.*

TORF *kriecht währenddessen aus dem Haufen Schutt und Unrat. Der Mond geht auf. Aus dem herausoperierten Schreyhalsstück kommt leises Geschrey. Er nimmt es zu sich. Die letzten Fetzen von Torfs Kleidern fallen von ihm ab. Er friert. Das Ende seines Armes hat er mit einer rostigen Blechdose eingefaßt. Um seine Blöße zu bedecken, bindet er sich die abgeschnittene Hand um, wie Adam sein Feigenblatt. Torf baut sich eine Feuerstelle, und stellt eine Radkappe als Bratpfanne drauf.* Ich werde mir dich schmecken lassen. Ich werde mir Holz suchen. Ich werde mir ein Feuer machen. Ich werde nicht mehr hungern. Ich werde nicht mehr frieren. *Bei der Suche nach Holz entdeckt Torf endlich Asches Kleiderständer. Er reißt ihm Asches Gewand herunter und schlägt ihn zusammen. Dabei verliert Torf die Hand, die seine Blöße bedeckte.*

Er bemerkt es nicht, sammelt die Holzteile ein, trägt das Holz zur Feuerstelle und macht ein Feuer. Währenddessen erwacht Asche, kleidet sich an, findet Torfs abgeschnittene Hand am Boden, stößt sie angewidert und doch stille Dankgebete zum Himmel schickend zur Mitte der Rampe, schleicht zur Seite und beobachtet begeistert die Szene.

TORF *entdeckt das Fehlen der Hand. Schamvoll verbirgt er seine Blöße hinter der Radkappe und macht sich auf die Suche nach der Hand. Endlich findet er sie.* Ich werde dich braten. Ich werde dich essen. Ich werde dich auf den Haufen scheißen. *In dem Moment, in dem sich Torf nach seiner Hand bückt, läßt Asche den Vorhang zugehen. Die beiden Vorhanghälften nehmen den sich bückenden Torf in die Zange. Sein Hintern schaut aus dem Vorhangsspalt. Asche geht vor Freude und Dankbarkeit auf die Knie und betet. Seine Worte klingen so verhallt, daß sie nicht zu verstehen sind. Danach zieht er eine große Spritze aus dem Bettdeck hervor, zeichnet dem Hintern ein Fadenkreuz auf und rammt die Spritze in sein Zentrum. Torf bricht zusammen. Asche zieht den Vorhang auseinander. Torf liegt leblos am Boden. Asche näht die Hand wieder an. Bald näht er ohne noch hinzuschauen wild drauf los und redet begeistert, daß kaum ein Wort zu verstehen ist. Heimlich schiebt Torf seinen herausoperierten Schreyhals Asches nähender Hand unter. Am Ende hat Torf seine Hand und an der Hand seinen Schreyhals wieder zurück. Seine Schreyhand überschreyt Asches Rede.*

DAS PRALLE LEBEN

SO WARS

Ein Mann und eine Frau stehen in einiger Entfernung voneinander.

MANN Eigentlich hatte ich sie nur um Feuer gebeten.
FRAU Doch ich gab ihm alles.

Im Traum

Das Kind sitzt da und träumt. Die Tante naht.

TANTE Was machst du denn da?
KIND Ich hab geträumt, ich kann fliegen. Ich hab geträumt von einem großen Katz, der hat mich aufgeschnappt und in die Luft gepupst, daß ich übers Land geflogen bin bis zu der See.
TANTE Und dann?
KIND Dann bin ich aufgeplatscht.
TANTE Aufgeplatscht?
KIND Da bin ich aufgeplatscht und hab gesehen, wie meine Mutter ein Stück Torte unters Bett geschoben hat.
TANTE Und du?
KIND Ich hab gewartet, bis alle weggeguckt haben. Dann bin ich runtergekrochen und hab es aufgegessen.
TANTE Ich denk, du bist aufgeplatscht?
KIND Das war doch vorher. Und nachher sind wir noch zu Vogels gegangen und haben ferngesehen.
TANTE Im Traum oder in echt?
KIND O, bist du dumm. Im Traum natürlich. Wir haben doch selbst Fernsehen.

HECHTKLÖSSCHEN

Im Zugrestaurant zeichnet ein Zeichner in sein Skizzenbuch. Ein Mädchen setzt sich zu ihm, rückt neugierig näher.

MÄDCHEN Ich bewundere Zeichner. Stört es Sie, wenn ich Ihnen ein wenig zusehe?

ZEICHNER *schaut von seinem Skizzenbuch auf* Nein. *Zeichnet weiter.* Der Herr sitzt auf der anderen Seite des Speisewagens hinter einer Tasse Kaffee, einem Glas Cognac und einer zusammengefalteten Zeitung. *Das Mädchen lacht.* Wie er dasitzt. Welch gute, würdige Erscheinung. Umgeben von lauter Unwürdigen. Bundeswehrsoldaten. Besoffen. Reservehatruhflegel. Die zeichne ich nicht. Die sind mir zu hippelig. Auch das ausdruckslose Speisewagenkellnergesicht mit dem Polizistenschnauz. *Äfft den Keller nach.* Einmal Klößchen, der Herr. Anstatt Hechtklößchen im Reisrand. Den zeichne ich auch nicht. Der ist mir zu langweilig. Aber den *Leiser* dünkelhaften geschniegelten Goldzahngrinser uns gegenüber, den zeichne ich gern. Ich setze ihn hier in meinem Skizzenbuch mit dem Würdigen an einen Tisch und male ihm eine Sprechblase: »Entschuldigen Sie, mein Herr, es läßt mir keine Ruh: Was sind Sie für ein Bursche? Was treiben Sie?« *Das Mädchen lacht.* Im nächsten Bild zeichne ich den Würdigen, wie er sich amüsiert und geschmeichelt in seine Polster zurücklehnt und antwortet: »Nun, was meinen Sie? Raten Sie doch einmal.« Jetzt ist wieder der dünkelhafte Schleimbeutel dran. Ich lasse ihn laut und fröhlich mit ausgebreiteten Armen sagen: »FAZ, Hennessy, Traveller-Cheques – Sie scheinen mir, Gott verdamm mich, gerade so ein Arschloch zu sein wie ich.« *Das Mädchen lacht.* Jetzt schraffiere ich dem Würdigen die Röte heftig aufflammender Empörung ins Gesicht.

MÄDCHEN Toll. *Die Stimme des Schleimbeutels räuspert sich.*

ZEICHNER *zum Mädchen* Ich glaube, der Schleimbeutel will mich ansprechen.

DIE STIMME DES SCHLEIMBEUTELS Sie wurden sehr gelobt.

ZEICHNER Wiebitte? *Zum Mädchen.* Die Goldzähne des Schleimbeutels meinten soeben, daß ich sehr gelobt worden sei. *Zum Schleimbeutel.* Tatsächlich?

DIE STIMME DES SCHLEIMBEUTELS Ja, Ja. Sie wurden allgemein gelobt.

ZEICHNER *zum Mädchen* Ich wurde allgemein gelobt. Aber wofür denn? *Zum Schleimbeutel.* Wofür denn?

DIE STIMME DES SCHLEIMBEUTELS Wofür? Ich nehme an für ihren Wohlgeschmack.

ZEICHNER Für meinen was?

MÄDCHEN Ich glaube, er meint die Hechtklößchen.

ZEICHNER *zum Mädchen* Die Hechtklößchen? *Zum Schleimbeutel.* Die Hechtklößchen?

DIE STIMME DES SCHLEIMBEUTELS Die Hechtklößchen.

ZEICHNER *wird rot vor Scham* Die Hechtklößchen. *Das Mädchen nimmt den Radiergummi des Zeichners zwischen die Zähne und radiert dem Zeichner das Gesicht.* Was soll das?

MÄDCHEN Ich radiere Ihnen die Röte peinlichen Berührtseins aus dem Gesicht.

ZEICHNER *zeichnet mit seinem Stift in die Luft* Ich zeichne Herzen, die aus mir heraus und in den Himmel steigen.

MÄDCHEN *springt auf* Ich fang sie mir. Was sollen die im Himmel.

ZEICHNER Und was darf ich mir fangen? *Das Mädchen läuft lachend davon. Der Zeichner hinter ihr her.*

KELLNER *tritt auf und serviert* Einmal Hechtklößchen.

Familienglück

Die Tochter sinkt ihrem Vater an die Brust.

TOCHTER Küß mich, Vater.
Vater zögert.
TOCHTER *schmachtend* Tu es, Vater. Hol es dir. Das selige Versinken.
Vater kann nicht länger widerstehen. Sie versinken in einen endlosen Kuß.
MUTTER *erscheint* Vater!
VATER *reißt sich von seiner Tochter los und stammelt* Mutter – küßt besser.
Mutter strahlt.
TOCHTER *sinkt ihrer Mutter an die Brust* Küß mich, Mutter.
Mutter zögert.
TOCHTER *schmachtend* Tu es, Mutter. Hol es dir. Das selige Versinken.
MUTTER Nicht, wenn Vater zuschaut.

ARTHUR

Auffallend deutlich steckt Arthur unter Elviras langem weichen Rock.

ELVIRA Du warst lange fort, Arthur.
ARTHUR Aber jetzt weiß ich, wo ich hingehöre, Elvira.
CORNELIUS *tritt auf* Arthur! Arthur, wo steckst du schon wieder?
ELVIRA Zu gerne würde ich dir Glauben schenken, Arthur.
CORNELIUS Hast du Arthur nicht gesehen, Elvira?
ELVIRA Arthur? Nein. Den hab ich nicht gesehen.
ARTHUR Wenn das mal gut geht?
CORNELIUS *geht ab* Arthur! Arthur!

Frau Tecklenburg deckt in der guten Stube den Kaffeetisch, Herr Tecklenburg schneidet in aller Seelenruhe die Torte auf. Sein T-Shirt hat die Aufschrift SCHEISSE.

FRAU TECKLENBURG Wenn meine Eltern da sind, und du hast das T-Shirt noch an, sind wir geschiedene Leute.

HERR TECKLENBURG *schneidet in aller Seelenruhe die Torte weiter* O. k. *Es klingelt.*

FRAU TECKLENBURG *geht die Tür öffnen* Das werden sie sein.

HERR TECKLENBURG *schneidet in aller Seelenruhe die Torte weiter* Ja ja.

FRAU TECKLENBURGS STIMME Mutti?

MUTTIS STIMME Jaha. Ich bins. Mutti.

FRAU TECKLENBURGS STIMME Sie sind es!

HERR TECKLENBURG *schneidet in aller Seelenruhe die Torte weiter* Ja ja.

FRAU TECKLENBURGS STIMME Vati.

VATIS STIMME Ja, mein Schatz. Wir nahen.

FRAU TECKLENBURGS STIMME Hörst du, wir nahen.

HERR TECKLENBURG *schneidet in aller Seelenruhe die Torte weiter* Jaa doch.

FRAU TECKLENBURGS STIMME Wir betreten jetzt die gute Stube.

HERR TECKLENBURG *schneidet in aller Seelenruhe die Torte weiter* Nur hereinspaziert.

FRAU TECKLENBURG *betritt mit ihren Eltern die gute Stube* Ich bring dich um.

HERR TECKLENBURG Ist ja gut. *Herr Tecklenburg reißt sich sein T-Shirt vom Leib, schleudert es in einen Schrank, zerrt ein anderes mit der Aufschrift KACKE vor und streift es sich blitzschnell über. Frau Tecklenburg vergräbt verzweifelt das Gesicht in ihren Händen.*

HERR TECKLENBURG Was ist denn jetzt schon wieder?

MUTTI Ist was nicht in Ordnung?

VATI Hängt der Haussegen schief?

HERR TECKLENBURG Weiß der Geier. *Er hilft seinen Schwiegereltern aus dem Mantel. Sie tragen T-Shirts mit den Aufschriften PISSE und KOTZE. Sie nehmen alle am Kaffeetisch Platz und langen tüchtig zu. Nur Frau Tecklenburg bleibt verstimmt.*

VATI Sie wird wohl mit dem falschen Bein aus dem Bett gestiegen sein.

MUTTI Es wird ihr wohl eine Laus über die Leber gelaufen sein.

HERR TECKLENBURG Hauptsache, es schmeckt.

MUTTI Das kann man wohl sagen.

VATI Das mein ich aber auch.

HERR TECKLENBURG Alles was recht ist.

Ich liebe das Leben

Orlando trinkt Champagner, spielt Mandoline, singt und schäkert mit den Damen, die von ihm hingerissen sind. Struck sitzt steif daneben.

STRUCK Ich liebe das Leben.
ORLANDO Was ist los?
STRUCK Nichts ist los. Ich behauptete lediglich, daß ich das Leben in allen seinen Facetten liebe.
ORLANDO *zu den Damen* Ein Scherzbold ist unter uns.
STRUCK Nun ja, ich weiß, daß meine Ansicht heute recht unpopulär ist, aber ich kümmere mich nun mal einen Dreck darum. Ich liebe das Leben, und ich wäre der letzte, der in stumpfer –
ORLANDO Ist ja grauenhaft.
STRUCK – ich wäre der letzte, der in stumpfer Borniertheit das Schöne im Leben nicht wahrhaben wollte. Mir kann keiner erzählen, daß er –
ORLANDO *brüllt* Aufhören!
STRUCK *zieht seinen Mantel an* Auch wenn es manchen Leuten nicht paßt, ich werde es immer wieder betonen: Ich liebe das Leben. *Er schlägt die Tür hinter sich zu. Orlando versucht vergeblich, dort weiterzufahren, wo er begann.*

DIE WÖLFE

Ein Mann hält seine schlafende Geliebte im Arm und schwingt mit der Rechten eine Peitsche, die Wölfe von sich fernzuhalten.

MANN Könnten wir das Glück im Bett auch nur halbwegs ermessen, wenn nicht die schneidende Kälte, wenn nicht die Unzahl der Wölfe wäre?

Stück vom Glück

1. Akt

Ein Salzfaß und ein Schnapsgläschen stehen auf einsamer Hochebene.

SCHNAPSGLÄSCHEN Es ist schon ewig keiner vorbeigekommen.
SALZFASS Du sagst es.
SCHNAPSGLÄSCHEN Immer nur warten.
SALZFASS Warten? Unsinn. Auf was denn warten?
SCHNAPSGLÄSCHEN Nun ja. Was soll man sonst machen?
SALZFASS Machen, machen. Schau dir die Menschen an, diese Macher. Wie unglücklich sie sind. Glück bringt das Nursein.
SCHNAPSGLÄSCHEN Nurrssain?
SALZFASS Was würdest du denn machen wollen?
SCHNAPSGLÄSCHEN Liegen zum Beispiel.
SALZFASS Liegen? Ich fürchte, du meinst lieben.
SCHNAPSGLÄSCHEN Ja.
SALZFASS Wo hast du das aufgeschnappt?
SCHNAPSGLÄSCHEN Lieben. Jemanden erfreuen mit meiner Gestalt oder mit meinem – Nurrssain.
SALZFASS Dich sollst du erfreuen! Dich! Und nicht jemanden!
SCHNAPSGLÄSCHEN O!
SALZFASS Was ist?
SCHNAPSGLÄSCHEN Siehst du die Staubwolke am Horizont?
SALZFASS Tatsächlich!
SCHNAPSGLÄSCHEN Das sind Hunderte.

SALZFASS Sie kommen direkt auf uns zu.
SCHNAPSGLÄSCHEN Ich freue mich.
SALZFASS Du hast nichts kapiert.

2. Akt

SALZFASS Da gehen sie wieder.
SCHNAPSGLÄSCHEN Es war doch schön.
SALZFASS Bei Gott, das war es.

Die Stehparty

Vernissage-Publikum in durchgestyltem Ambiente. Ein kleiner Dicker schwirrt von Dame zu Dame und drückt jeder ein kurzes, intensives Weilchen sein Gesicht in den Hintern. Niemand nimmt Notiz davon außer Frau Konsul, die sich mit einem feinen, älteren Herrn unterhält.

Frau Konsul Herr Professor Teubler ist ein Phänomen! Schon nach drei Gläschen, so sagt er, halte er sich für eine Biene, die es von Blüte zu Blüte treibe, den Nektar der Seligkeit zu saugen.

DIE MASKE

Finger bohren sich durch den geschlossenen Vorhang, Arme schieben sich hinterher, eine maskierte Gestalt folgt. Sie beginnt ein behutsam täppisches Tanzspiel, steigert sich zu größeren Gesten, spielt immer extatischer, bis ihr die Maske aus dem Gesicht fällt. Entsetzt verbirgt die Gestalt ihr Gesicht in den Händen und rollt sich rückwärts hinter den Vorhang.

Vor dem Vorhang liegt nun die Maske. Eine Hand schiebt sich unter dem Vorhang vor und klopft den Boden nach der Maske ab. Viel Staub wirbelt auf. Die Hand nähert sich der Maske. Eine Person in der ersten Reihe schnappt der Hand im letzten Moment die Maske weg, setzt sie sich selbst auf und winkt triumphierend ins Publikum. Die Hand klopft weiter den Bühnenboden nach der Maske ab. Von der Seite erscheint der Inspizient. Er klopft dem noch immer ins Publikum winkenden Maskierten auf die Schulter und fordert grimmig die Maske. Der Maskierte will sie nicht hergeben. Er flieht. Der Inspizient verfolgt ihn. Er kann ihn auf der Vorbühne packen. Sie prügeln sich ächzend, schwitzend und stöhnend. Die Hand klopft noch immer den Bühnenboden nach der Maske ab. Das geht solange, bis der letzte Zuschauer den Saal verlassen hat.

WOHIN?

MANACK

Manack schläft im Schatten eines vier Meter hohen, altmodischen Küchenstuhls mit einer geflochtenen Sitzfläche. Die Sonne wandert. Bald liegt Manack nicht mehr im Schatten. Die Sonne weckt ihn. Als er sich ans Sonnenlicht gewöhnt hat, entdeckt er den Stuhl. Er reibt sich die Augen, verbirgt sich hinter seinen Händen, traut sich lange nicht, die Hände von den Augen zu nehmen, blinzelt endlich dahinter hervor: Über ihm steht ein riesiger Stuhl. Manack erhebt sich, drückt zuerst seinen Hintern nach oben, drückt dann seinen Oberkörper vom Boden weg, richtet sich auf, hebt als letztes den Kopf: Der Stuhl steht so riesig vor ihm, daß er beim Versuch, seine ganze Höhe mit dem Blick zu erfassen, erneut auf den Hintern fällt. Er schüttelt seinen Kopf aus und tippt, ohne hinzuschauen, mit dem Zeigefinger seiner Rechten gegen den Stuhl dicht am Stuhlbein vorbei ins Leere. Er stellt erleichtert fest, daß dieser Stuhl ein Trugbild ist.

MANACK Ein Trugbild.
Er stochert ein zweites Mal am Stuhlbein vorbei ins Leere.
Ein Trugbild. Gottlob, gottlob, gottlob.
Er stochert ein drittes Mal am Stuhlbein vorbei ins Leere.
Ich hab es gedacht. Ein so großes Trugbild.
Behaglich streckt er seine Glieder. Plötzlich stößt seine Linke gegen das Stuhlbein. Manack erschrickt.
Was war das? An einem Trugbild kann man sich nicht stoßen! Aber du meinst, du kannst das, heh?

Er packt die Linke mit seiner Rechten, und schüttelt sie aus, wie er vorhin seinen Kopf ausgeschüttelt hat.
Ich kann dich nicht leiden.
Dann bedeutet er ihr noch einmal loszuziehen, um zu erkunden, was es da an diesem Trugbild zu berühren gibt.
Geh und schaff Klarheit!
Die Linke fürchtet sich.
Geh und mach deinen Fehler wieder gut.
Sie trippelt auf zwei Fingern in falscher Richtung den Bauch hinab über den Oberschenkel zum Knie, tut so als sei ihre Aufgabe, das Knie zu erkunden. Manack sieht ein Weilchen unwillig kopfschüttelnd zu, schnappt die Linke mit der Rechten, klemmt sie zwischen die Knie und ohrfeigt sie.
Ich kann dich nicht leiden.
Geheule. Manack kann das Geheule nicht ertragen. Seine Rechte muß ihm zwei Ohren zuhalten. Die Linke liegt auf den Knien und heult.
Ruhe!
Sofort herrscht Ruhe. Nur gelegentliches Schluchzen. Manack verdreht die Augen über das Geschluchze. Endlich platzt ihm der Kragen. Er bedeutet der schluchzenden, schlaff auf den Knien liegenden Linken mit allem Nachdruck, endlich loszuziehen, um zu erkunden, was es da an diesem Trugbild zu berühren gibt.
Geh!
Die Linke denkt nicht daran. Manack tippt sie an.

LINKE *tut als hätte die Ohrfeige ihr alle Knochen gebrochen* Aauuuuh!

MANACK *pustet und fächelt der Linken mit der Rechten frische Luft zu, redet flüsternd auf sie ein* Hat sie dir alle Knochen gebrochen?

LINKE Jaaaa.

MANACK *schaut auf seine Rechte, wie emsig sie sich um das Wohlbefinden der Linken müht* He, du.
RECHTE Ich?
MANACK Geh du.
RECHTE Ich?
MANACK Ja, du.
RECHTE *fast bis zur Unverständlichkeit quängelnd* Die hat gar nix. Die tut nur so. Die ist feig.
MANACK Die ist feig?
RECHTE Die ist feig.
MANACK Und du?
RECHTE Ich – *endlich und fast erleichtert* – auch.
MANACK Geh du.
RECHTE *zieht fast bis zur Unverständlichkeit quängelnd los.* Immer ich. Immer soll ich die Scheiße aus dem Dreck löffeln, die die feige Sau eingebröckelt hat. Immer ich. *Sie fuchtelt in der Gegend herum und verfehlt das Stuhlbein stets um Haaresbreite.* Da is nix. Da is nix. *Bis Manack sich endlich nach hinten umschaut und über den Anblick des Riesenstuhls erschrickt.* Da is nix. Da is nix. *Manack ergreift mit der Linken seinen rechten Ellbogen und stößt ihn nach vorn. Seine Rechte kracht gegen das Stuhlbein. Der Stuhl bebt.* Aauuuuh!
MANACK Da ist nix. Da is nix!
Manack verbeugt sich unterwürfig vor dem Stuhl.
Ich bitte diese Tölpel entschuldigen zu wollen. Ich weiß – ich weiß – aber sehen Sie. Ich bin untröstlich. Ich habe nur Ärger. Schauen Sie sie sich an. Die reinsten Lämmer. Kein Wässerchen!
Er grinst hilflos verlegen, die Achseln zuckend zum Stuhl hoch. Da von dort keine Antwort kommt, wendet er sich seinen schwach seufzenden, schlaff herabhängenden Händen zu.

He, es geht um euch. Ihr bringt mich nochmal in Teufels Küche. Entschuldigt euch, bitte! – Ich möcht, daß ihr euch entschuldigt! Ihr sollt euch gefälligst –!

Die Hände antworten mit einem wimmernden Gegreine, Manack schüttelt den Kopf, schaut wieder resigniert lächelnd, anbiedernd, achselzuckend zum Stuhl hoch.

Da ist man machtlos. – Ja. – O, ja. – Ich könnt Ihnen Geschichten erzählen. Nicht zu glauben! Gerad gestern passiert es. Da springen Feuerbälle übern Rand. Die leuchten mir durchs Augendeckelfleisch, daß ich erwach. Ich blinzel, mach die Deckel auf und schwupp, da springen sie mich an und jagen mir die Augen aus den Höhlen und nisten sich dort selber ein. Potzteufelsangst, hat das gebrannt. Und meine armen Augen in die Welt geworfen, sehen, es ist alles fremd. Ich lieg auf einem Berg, den ich noch nie gesehn. Hat denn der Wind mich weggeblasen über Nacht auf einen fremden Berg? Ich hab ihn nie bestiegen. Vielleicht bin ich im Schlaf gerollt, hab mich von einer auf die andre Seit gewälzt und immer weiter so gewälzt bis auf den Berg. Vielleicht? Vielleicht wollt ein Vulkan zur Welt. Die heiße Lava drückt von unten, beult die Haut der Erde aus, doch ich lieg oben mit meinem gewichtigen Körper. Da macht die heiße Lava schlapp. Da kann sie nicht weiter. Da kann sie nicht raus. Da kann der Vulkan nicht zur Welt. Eine Fehlgeburt. Mein Berg ist eine Fehlgeburt, ist eine – oder sagt man Scheingeburt? Vielleicht? Vielleicht bin ich krank. Ich hab eine Beul am Arsch. Eine böse Beul. Die steckt an. Da hab ich die Erde angesteckt mit meiner Beul. Da ist ihr auch eine Beul gewachsen. So groß wie ein Berg.

Mein Berg ist eine böse Beul. Vielleicht? Vielleicht hat der Wind den Sand weggeblasen. Er hat geblasen und hat geblasen die ganze Nacht. Am Morgen ist aller Sand weg. Nur der ist noch da, auf dem ich lieg. Den hat der Wind nicht wegblasen können. Der liegt noch unter meinem gewichtigen Körper. Ein Berg von Sand. Mein Berg. Ich hab ihn nie bestiegen.

Während Manack erzählt, nähert er sich immer vertrauensvoller dem Stuhl, streicht spielerisch über seine gedrechselten Beine, wird immer vertraulicher und klettert, ohne seine Erzählung zu unterbrechen, ein Stuhlbein hoch, bis er am Ende erschöpft auf der Sitzfläche liegt und sich umschaut.

Mein Land. Mein Land wird immer größer. Zuerst lieg ich in meinem Loch. Das ist mein Land. Mein kleines Land. Ich kann den Rand mit meiner Hand ergreifen, die dünne Linie, wo es an den Himmel stößt. Dann kriech ich vor. Mein Land wird immer größer! Sein Rand so weit. Ich stell mich auf die Bein, und wieder wächst mein Land. Dann kommt der Berg und hebt mich hoch. Der Rand von meinem Land tritt weit zurück. Weit, weit ist nun die Linie, wo der Himmel und mein Land zusammenstoßen. Da kommst du und machst mir Angst. Doch ich besteige dich. Und wieder tritt der Rand von meinem Land zurück, und wieder wächst mein Land. Mich schwindelt. Ja, so gehts. Am Anfang Schwindel, dann gewöhnt man sich. Je höher meine Augen, desto größer wird der Schwindel, aber auch mein Land.

Manack setzt sich auf die Sitzfläche des Stuhls.

Schon schau ich hintern Rand auf einen neuen Rand. Mein Land. Mein Berg. Mein Stuhl. Ich nenn dich Stuhl. Der Name paßt zu dir. Mein Stuhl. Noch eben machtest du mir Angst, mein Stuhl, und schon besitz ich dich. Ich stell mich auf die Bein, der Schwindel wächst, und wieder wächst mein Land. Ganz deutlich schiebt sich hinterm Rand ein neuer Rand hervor, *Manack geht in die Knie.* der jetzt verschwindet. Ja! Ich habe das Gesetz erkannt. Treib ich mein Auge höher, wächst man Land. *Manack springt auf der Sitzfläche wie auf einem Trampolin.* Ja, ja! Das ist es! Ja! Ich habe es erkannt. Das Auge höher! Höher! Höher!

Manack fällt auf den Rücken.

Ach, wenn nicht der Schwindel wär! Die Angst hinabzustürzen in das Loch, aus dem ich kam.

Manack entdeckt die Rücklehne des Stuhls und richtet sich schaudernd vor der Tiefe daran auf. Dann sieht er hoch und erkennt wie leicht sich daran höher klettern läßt.

Es geht noch höher! Eine Himmelsleiter! fest gefügt!

Manack klettert an der Stuhllehne hoch.

Besteig ich sie, so wächst mein Land. Der Sonne komm ich näher. Bald ist alles mein. Mein alles. Wie ich steige, sinkt die Sonne. Schaue schon auf sie herab.

Der Stuhl kippt nach hinten. Manack stürzt in die Tiefe

AUF FALSCHER BAHN

Zwei Läufer laufen Schulter an Schulter.

ERSTER LÄUFER Verdammt langer Anlauf für einen Weitsprung.

ZWEITER LÄUFER Du bist Weitspringer, Kamerad?

ERSTER LÄUFER So ist es.

ZWEITER LÄUFER Dann mußt du ins Gottfried-Hammer-Stadion. Hier ist nur Hochsprung.

ERSTER LÄUFER Danke für den Hinweis.
Der erste Läufer trennt sich vom zweiten, läuft in anderer Richtung davon.

ZWEITER LÄUFER Diese Weitspringer! Wer es nicht im Kopf hat, muß es in den Beinen haben.

Nach Beutzen

Ein feiner älterer Herr erkundigt sich bei einem unverschämten Patron nach dem Weg.

FEINER ÄLTERER HERR Entschuldigen Sie vielmals, wo geht es hier nach –

UNVERSCHÄMTER PATRON Geradeaus und dann links.

FEINER ÄLTERER HERR Ich habe mich doch noch gar nicht zum Ziel meines Weges geäußert.

UNVERSCHÄMTER PATRON Na, was ist denn Ihr Ziel?

FEINER ÄLTERER HERR Beutzen.

UNVERSCHÄMTER PATRON Na also. Was ich sagte. Geradeaus und dann links. Wenn einer so einen Hut hat – *verbeult dem feinen älteren Herrn den Hut* – und so eine Nase – *dreht dem feinen älteren Herrn die Nase herum* – und solche Ohren – *dreht dem feinen älteren Herrn ein Ohr herum, daß er in die Knie geht* – und so einen Hintern – *tritt dem feinen älteren Herrn in den Hintern* – ist doch ganz klar, wo der hinwill: nach Beutzen.

FEINER ÄLTERER HERR Sie unverschämter Patron!

Ich

Das Telefon klingelt. Ein Mann hebt ab.

MANN Wie bitte? – Ich bin draußen? – Im Wald? – Ich kann mich da finden? – Wer ist denn da am Apparat? – Wie bitte? – Ich?

Herr und Frau Döbel sitzen in ihrem perfekten Wohnzimmer. Das Telefon klingelt. Herr Döbel hebt ab. Gott ist am Apparat.

HERR DÖBEL Döbel. – Wie bitte? – Ja, guten Tag auch. Ja – ja, ja. *Er hält den Hörer zu und ruft zu seiner Frau.* Gott ist dran. Ob er mal kurz vorbeischauen könnte?

FRAU DÖBEL Um Himmels willen! Es ist noch nicht aufgeräumt.

HERR DÖBEL *ins Telefon.* Hören Sie? – Alles Klar. – Bis gleich.

FRAU DÖBEL *wirbelt staubwischend herum* Mußtest du mir das antun?

HERR DÖBEL Ich weiß auch nicht, was er will. Ich habe keine Ahnung, wieso er ausgerechnet zu uns –

FRAU DÖBEL Hilf mir! Steh nicht herum! Schau mal, wie es hier aussieht! *Es klingelt.*

HERR DÖBEL Da ist er schon.

FRAU DÖBEL Du meine Güte! Halt ihn noch etwas im Flur auf, Arthur!

HERR DÖBEL *geht öffnen* Scheiße.

FRAU DÖBEL *heult Verzweiflungstränen ins Staubtuch* O, nein! *Sie sieht ihren Mann schon wieder die Stube betreten und zischt durch die Zähne.* Arthur!

HERR DÖBEL *zischt durch die Zähne* Er wollte unbedingt gleich zu dir.

FRAU DÖBEL *sieht Gott eintreten und breitet liebenswürdig ihre Arme aus* Welche Freude in unserer bescheidenen Hütte. *Sie schütteln sich die Hände.*

HERR DÖBEL Darf ich bekanntmachen: Meine Frau, Gott.

GOTT *sieht sich im Zimmer um. Herr Döbel bietet Zigarren an. Frau Döbel schiebt Gott den besten Sessel in die Knie.* Wie sieht es denn hier aus? *Frau Döbel fällt laut heulend auf einen Hocker nieder. Herr Döbel will aus dem Zimmer schleichen, Gott läßt sich in den Sessel fallen und knipst sich eine Zigarre zurecht.* Hiergeblieben.

HERR DÖBEL *kehrt betreten zurück* Ich wollte nur den Cognac holen.

GOTT *zündet sich die Zigarre an* Und ich wollte mit Ihnen darüber reden, daß Ihre Aufnahme in den Himmel ziemlich gefährdet erscheint. *Gott bläst Ringe in die Luft. Herr und Frau Döbel nehmen auf der Couch Platz. Schweigen.*

HERR DÖBEL Läßt sich da gar nichts machen?

GOTT *schnippt die Asche in den Aschenbecher, den Frau Döbel ihm zuschiebt* Je nun, es liegt letzten Endes in meiner Hand – wenn ich wenigstens ein Bemühen Ihrerseits registrieren könnte.

HERR DÖBEL *erhebt sich* Vielleicht sollten wir bei einem so wichtigen Thema doch einen guten Cognac –? *Gott spitzt zustimmend seine Lippen.*

FRAU DÖBEL *erhebt sich ebenfalls* Und ein paar Fischli.

GOTT *irritiert* Fischli? *Herr und Frau Döbel servieren.* O, sehr liebenswürdig. Also Herr – Herr –

HERR DÖBEL Döbel.

GOTT Also Herr Döbel, daß Sie im Augenblick guten Willens sind, will ich Ihnen gerne glauben, aber – *wirft ein paar Fischli ein* – wie lange hält das vor?

HERR DÖBEL Tja.

FRAU DÖBEL Ich sage immer zu meinem Mann: der Geist ist willig, aber das Fleisch ist schwach.

GOTT *nimmt einen kräftigen Schluck Cognac* Verstehe, verstehe, Frau Döbel – *Die Kuckucksuhr ruft vier mal Kuckuck.* Wie bitte? Schon vier? Verdammt ich muß weiter.

FRAU DÖBEL Das ist aber schade.

HERR DÖBEL Bleiben Sie noch ein Gläschen, Herr.

GOTT Bedaure aufrichtig, hab noch einige Besuche vor mir, das können Sie mir glauben. *Er blättert in seinem Notizbuch.*

FRAU DÖBEL Das glaub ich gerne.

GOTT Kann ich mal bei Ihnen telefonieren?

FRAU DÖBEL Aber selbstverständlich.

HERR DÖBEL *reicht Gott das Telefon* Das wäre ja noch schöner.

GOTT *ins Telefon* Gott. – Guten Tag, Herr Döblich. – Ja, Sie haben richtig verstanden. Ob ich mal kurz bei Ihnen vorbeischauen könnte? – Ja? – Dann bis gleich. *Er verabschiedet sich per Handschlag von den Döbels.* Hoffe sehr, daß mein Besuch nicht ganz umsonst gewesen ist.

HERR DÖBEL Das hoffen wir auch. Auf Wiedersehen.

FRAU DÖBEL Und schauen Sie doch bald mal wieder bei uns rein.

GOTT *für sich* Was will ich eigentlich? Sie sind doch prächtige Menschen, diese Döbels. Bißchen schlampig, je nun – *Ab. Die Döbels halten sich im Arm und winken Gott hinterher.*

FRAU DÖBEL Ach, ich bin so froh, Arthur. Es ist doch relativ gut gelaufen.

In Harrys Bar

Harry putzt Gläser hinter der Bar. Ein Gast sitzt vor der Bar.

GAST Als ich heute nach meinem Leben griff –
HARRY Nach Ihrem Leben? Tatsächlich?
GAST – das ich, um es zu schonen in letzter Zeit seltener gebraucht hatte –
HARRY Oh, das soll man nicht machen. Das geht selten gut.
GAST – mußte ich feststellen, daß es mir hinten und vorne nicht mehr paßte.
HARRY Sehen Sie!

Die Kapernschlacht

Ein Singspiel

Ein bis siebzig Männer spielen die Besatzung eines auf hoher See schwankenden Schiffes. Ein bis siebzig weitere Männer spielen die Besatzung eines zweiten Schiffes, das sich dem ersten nähert.

DIE KAPERNSCHIFFER Holla, wackere Männer!

DIE SCHIFFEKAPERER Grüß euch Gott, wer seid dann ihr?

DIE KAPERNSCHIFFER Wir sind die Kapernschiffer, halten zu Ehren.

DIE SCHIFFEKAPERER Welch heiteres Zusammenspiel. Wir sind die Schiffekaperer.

DIE KAPERNSCHIFFER Das hat uns gerade noch gefehlt. Ach, unsere schönen Kapern. Es ist zum Verzweifeln.

DIE SCHIFFEKAPERER Wohlan, wackere Leut. Wir fangen jetzt das Kapern an und erschlagen Maus und Mann. Das Kapern liegt uns so im Blut. Sind wir erst mal in Kaperwut, dann fangen wir das Kapern an und erschlagen Maus und Mann. Doch stellt sich diese Wut nicht ein, dann lassen wir das Kapern sein.

DIE KAPERNSCHIFFER Es scheint da mit dem Kapern ein bißchen was zu hapern. Liegen wir da richtig?

DIE SCHIFFEKAPERER Erraten, ja, Gott seis geklagt, wir sind zum Kapern zu verzagt. Wir haben nicht den alten Schwung. Und sind auch nicht mehr ganz so jung. Wir haben manchmal einen Kaperkomplex. Dann ist alles wie verhext. *Die Kapernschiffer wer-*

fen alle Kapern von sich. Seht, seht die Kapernschiffer! Aus Fairneß und aus Anstand werfen sie alle ihre Kapern ins Meer.

DIE KAPERNSCHIFFER Wir werfen alle Kapern ins Meer aus Fairneß und aus Anstand.

DIE SCHIFFEKAPERER Seht nur, seht, sie werfen tatsächlich alle Kapern ins Meer aus purer Fairneß und aus Anstand.

DER CHOR *tritt auf* Hier kein Kapern, da keine Kapern, überall herrscht großes Hapern.

DIE SCHIFFEKAPERER Gott segne eure braven Herzen.

DIE KAPERNSCHIFFER Macht doch kein Gedöhns. Das versteht sich doch von selbst. *Die Schiffe fahren auseinander.* Ein denkwürdiger Tag, Kapitän. Ja, in der Tat.

DIE SCHIFFEKAPERER das Kapern liegt uns so im Blut. Sind wir erst mal in Kaperwut, dann fangen wir das Kapern an und erschlagen Maus und Man. Doch stellt sich diese Wut nicht ein, dann lassen wir das Kapern sein.

Der Maulwurf

Ein Herr und eine Dame gehen spazieren. Ein Maulwurf schaut mit dem Kopf aus der Erde.

HERR Wie schön. Der Sonnenglast über dem Hochland.

DAME Ach Gott, da ist er schon wieder.

HERR Wer? Wo?

DAME Da unten. Dieses fette aufgeblasene Ekel. Da.

HERR Ah! Das hält sich meist an Orten auf, an denen viele Leute vorübergehen.

DAME Um sie mit seinen ungehobelten Scherzen zu malträtieren.

HERR Über die sich stets nur einer köstlich zu amüsieren versteht, nämlich er selbst.

MAULWURF He, ihr schrägen Typen! Da staunt ihr wohl! Da hab ich mir justament die ganze schöne Erde zu meinem Rollkragenpullover auserkoren. Sagt an, wie steht sie mir zu Gesicht?

Herr und Dame gehen vorüber, ohne den Maulwurf, der sich köstlich amüsiert, eines Blickes zu würdigen.

KURZER BESUCH

Der Sohn frühstückt. Eine Tür öffnet sich. Sein toter Vater tritt ein.

SOHN Fliegen summten in der Morgensonne, als mein sieben Jahre toter Vater in die Küche trat.
TOTER VATER Der Mensch, der da in meinem Sonntagshemd beim Frühstück saß, war offenbar mein Sohn. Er aß ein unbekanntes Zeugs aus einem nie gesehenen Teller. Daneben stand das alte Salzfaß.
SOHN Der Vater setzte sich.
TOTER VATER Iß weiter.
SOHN Sagte er.
TOTER VATER Ich geh gleich wieder.

DER FISCH

Ein alter Clown rollt im Rollstuhl auf die Bühne und versucht, sein Publikum zu unterhalten, als wäre er ein junger Clown, bis er umkippt und daliegt wie ein Fisch am Ufer, der nach Luft schnappt. Ein Fisch schwimmt über die Bühne, als sei sie sein Element.

DER FISCH Quicklebendig, quicklebendig.

Der Clown verfolgt den Fisch mit den Augen, studiert seinen Kurs, nimmt all seine letzte List und Kraft zusammen, den Fisch zu fangen. Es gelingt.

DER CLOWN *läßt den Fisch über seinem offenen Maul zappeln* Füsch. Quücklebendig, quücklebendig.
DER FISCH Ein Fisch, der schmeckt, kann nie sprechen.
DER CLOWN Was?
DER FISCH Ein Fisch, der spricht, kann nie schmekken.
DER CLOWN Ich durchschaue düch, Füsch. Du wüllst nur wieder herumschwümmen.
DER FISCH Ich will herumschwimmen.
DER CLOWN Quücklebendig, quücklebendig.
DER FISCH Läßt du mich, hast du einen Wunsch.
DER CLOWN *läßt den Fisch schwimmen* Üch wünsch, üch bün wieder jung und . . .

Der Fisch schwimmt davon, der Clown springt jung hinterher, fängt ihn und läßt den Fisch über seinem offenen Maul zappeln.

DER CLOWN . . . und du schmeckts gut und machst müch quücklebendig, Füsch, wie du. *Er verschluckt den Fisch und zeigt, wie gut er schmeckt.*

DER FISCH *aus dem Innern des Clowns* Ich mach dich quicklebendig, quicklebendig. *Er treibt den Clown über den Kurs, den der Fisch zu schwimmen pflegte.*

DER CLOWN Schwümm langsam, Füsch. Mir geht die Puste aus, Füsch.

DER FISCH *im Innern des Clowns* Quicklebendig, quicklebendig.

Der Clown rast über den Kurs, bis er tot umfällt.

DER FISCH *schwimmt dem Clown aus dem Maul* Quicklebendig, quicklebendig.

NACH ASCHENFELD

ein Stück für zwei Schauspieler (Hartmann und Braun) und zwei Musiker (Peek und Cloppenburg).

Die Bühne ist der Orchesterraum mit den Instrumenten und tonerzeugenden Gegenständen der Musiker. Sie spielen eine Großstadtsinfonie, die in Großstadtlärm mündet. Direktor Braun tanzt mit Hut, Mantel überm Arm, Aktenkoffer und Schirm zum Lärm seiner geschäftigen Stadt. Er ließt in der Financial-Times und singt daraus vor.

BRAUN Unit Trust. London Share. Currencies, Money and Capital Markets Germany. AEG 196.5 −1.7. Allianz AG 1.849 – 18. BASF 290 −1.9. Bayer Hypo 376 −1.5. BMW 501 – 8. Beiersdorf 525 +1.5. Brown Boveri 379.2 +1.7. Commerzbank 252.5 −0.3. Continental AG 267 −0.3.

Der Stadtstreicher Hartmann schlurft in schwerem alten Mantel, langem Schal mit Schiebermütze und prallen Plastiktüten heran, leert eine Schnapsflasche und schleudert sie gegen die lärmenden Musiker. Die Flasche zerspringt.

DIE MUSIKER *lassen den Großstadtlärm in Glasgeschepper münden. Braun scheppert davon. Scherben fallen und rieseln. Hartmanns Musik wird hörbar: Das Glucksen und Rauschen eines Flusses.*
Hartmann holt tief Luft und dankt den Musikern. Er zieht seine Schuhe aus und wäscht seine Füße im Fluß.

DIE MUSIKER *lassen schimpfende Enten davonschwimmen. Hartmann kramt Brot aus seinen Manteltaschen, wirft Brocken in den Fluß.*

DIE MUSIKER *lassen die Enten schnatternd über das Brot herfallen.*

Hartmann holt Zeitungen aus seinen Plastiktüten. Er baut aus Zeitungen und Mantel sein Bett.

DIE MUSIKER *lassen eine Turmuhr ertönen.*

Hartmann stellt seine Taschenuhr danach, nimmt einen Schluck aus seiner Schnapsflasche und legt sich schlafen.

DIE MUSIKER *spielen die Großstadtnacht bis zum Erwachen der Vögel, und bis zum Erwachen der Stadt mit ihren Maschinen und Motoren.*

Hartmann erwacht, stopft sich Zeitungsfetzen in die Ohren, versucht weiterzuschlafen. Der Großstadtlärm ist stärker. Er schlägt die Musiker mit ihren Instrumenten in Zeitungspapier ein, was sie leiser macht, bis nur noch das Papierrascheln übrigbleibt, das wie Wellen klingt, die sich an einem Kieselstrand brechen.

HARTMANN *nimmt einen Schluck aus der Schnapsflasche und singt*

Von den Lagunen wehte salziger Wind,
du gingst am Strand vorbei fast noch ein Kind.
O, Samoa.
Du kamst den Strand zurück im Abendrot,
sahst wie mein Segel schwoll, stiegst in mein Boot.
O, Samoa.
Blau war die Südseenacht, rot war dein Mund.
Wenn ich die wiederseh, werd ich gesund.
O, Samoa.

DIE MUSIKER *platzen mit dem ganzen Lärm der Großstadt aus ihren Zeitungshäuten in Hartmanns Traum.*

BRAUN *platzt dazu. Er liest in der Financial-Times und singt daraus vor.* Daimler Benz 666 – 18.5. Degussa 444 −6. Deutsche Bank 536 −1. Dresdner Bank 308 −3. Hapag Lloyd 365 −5. Heidelberger Zement 668 +8. Henkel 521 −6.5. Hochtief 670 −11.5. Hoechst 306 −1.9. Hoesch 223.5 +8.5. Horten 235 −7.5. Kali & Salz 195.2 −6-3 – *Braun bleibt mit seinen Schuhen in Hartmanns Schal hängen, tanzt weiter, bis der Schal sich spannt, Hartmann würgt und Braun bäuchlings auf seine Morgenlektüre fällt.*

HARTMANN *richtet sich auf und brüllt* Ich erhebe Einspruch.

DIE MUSIKER *befreien sich und ihre Instrumente von Zeitungsfetzen, bringen sich und ihre Instrumente in Ordnung. Die Geräusche und Töne, die sie dabei erzeugen, sitzen scheinbar zufällig genau an den richtigen Stellen des folgenden Dialogs, geben ihm einen aggressiven Rhythmus und unterstreichen Brauns Ängste.*

HARTMANN Auf einer Zeitung liegen und meinen, man sei schon was. Ein anständiger Penner sieht anders aus, mein Junge.

BRAUN *richtet sich auf seinem Schirm wieder auf, lüftet verwirrt seinen Hut und wirft Hartmann ein Geldstück hin* Entschuldigung.

HARTMANN *kickt Brauns Schirm zur Seite, so daß Braun erneut zu Boden geht* So einfach geht das nicht.

BRAUN Lassen Sie mich gefälligst in Frieden.

HARTMANN Aber wer wird denn gleich den Kopf hängen lassen. Das schaffen wir schon. Wir fangen oben an. *Hartmann verbeult Brauns Hut.*

BRAUN Was fällt Ihnen ein?

HARTMANN Kommen dann zum Antlitz. *Hartmann reibt seine Drecksfinger in Brauns Gesicht.*

BRAUN Sind Sie nicht bei Trost?

HARTMANN Kommen dann zur Garderobe. *Hartmann reißt Braun den Ärmel auf, fetzt ihm das Revers herunter. Braun will empört aufbrausen, da pariert Hartmann mit einer so bedrohlichen Geste, daß Braun sich selbst seine Jackettasche herunterreißt.* Richtig. Die Garderobe ist wichtig. Kleider machen Leute.

BRAUN *erkennt, was passiert ist* Also jetzt hört sich doch alles auf.

HARTMANN Und kommen am Ende zum Gemüt. *Hartmann trichtert Braun gewaltsam Schnaps ein.*

BRAUN Hilfe. *Braun trinkt und schaut fassungslos aus seinem zerfetzten Anzug.*

HARTMANN So gefällst du mir schon besser. Komm, Bruder, und erzähl mir, was dich drückt.

BRAUN Nichts! Nichts drückt mich, Sie unverschämter Patron.

HARTMANN *schaut in die Financial-Times* Die Aktien sind gefallen. Ist es das?

BRAUN Nein. Es steht alles zum Besten.

HARTMANN Schütt doch noch etwas hinterher, dann fällt dir ein, was dich drückt.

BRAUN Ich denke nicht daran.

HARTMANN Dein Kopf ist rund, damit du die Denkrichtung ändern kannst. Trink, dann geht das leichter. Du brauchst das jetzt.

BRAUN Was reden Sie. Sie haben keine Ahnung.

HARTMANN Ich keine Ahnung, sagst du? Ich? Professor Hartmann? Nobelpreisträger für Psychophysik keine Ahnung?!

BRAUN Entschuldigung – ich wußte ja nicht.

EIN MUSIKER *tritt wie aus Versehen auf eine Martinshornsirene und erschrickt.*

BRAUN *dreht sich danach um* Hilfe, Polizei. *Hartmann geht um Braun herum. Braun wendet sich wieder dorthin, wo eben noch Hartmann stand.* Nobelpreisträger! Ist ja großartig! *Dreht sich wieder dorthin, woher er die Polizei ersehnt, wo jetzt aber Hartmann steht.* Na endlich, Herr Wachtmeister. *Zeigt hinter sich.* Der Kerl belästigt mich.

HARTMANN Heheh, Sie sind ja besoffen. Blasen Sie mal ins Röhrchen. *Er hält Braun die Flasche hin. Braun bläst.* Und nun einziehen. *Braun zieht den Schnaps in sich ein. Hartmann läßt den Schnaps in Brauns aufgesperrten Mund laufen.* Und der Herr schleußt den Himmel auf, daß es regnet auf das ausgetrocknete Land. Und das Land atmet auf unter dem Rauschen des Regens und das Gras wächst wieder.

DIE MUSIKER *sehen fasziniert auf das Gewaltbesäufnis, begleiten trommelnd den gluckernden Schnaps und beschreiben trommend Brauns aufgewühlte Seele.*

Braun sackt zu Boden, krümmt sich, preßt seine Fäuste vor den Mund und bläst auf ihnen extatisch zuckend eine wilde angst- und sehnsuchtsvolle Musik, die

PEEK *auf seinem Saxophon erzeugt.*

HARTMANN *ist begeistert von den Tönen, die aus Brauns Fäusten strömen* Aah!

CLOPPENBURG *erzeugt Applaus von Passanten.*

HARTMANN *zu den Passanten* Haut ab! Geht weiter! Das ist nichts für euch! Davon versteht ihr nichts! *Hartmann bespritzt die Passanten mit Wasser aus einem Eimer und schüttet den Rest über den betrunkenen Braun. Der kommt wieder zu sich.*

HARTMANN *zu Braun* Das war die Stadtreinigung.

CLOPPENBURG *läßt ein Auto davonfahren.*

HARTMANN *schreit dem Auto hinterher* Kulturlose Schweine! *Er hilft Braun auf die Beine und hält ihn umschlungen* Mensch, Bruder! *Sie tanzen einen besoffenen Tanz.* Mensch, Bruder, wer bist du?

BRAUN *lallend* Direktor Braun von Braun, Braun und Partner.

HARTMANN Braun! du warst wunderbar. *Er küßt ihn.* Ich will dein Freund sein, Braun, dein Assistent, dein Diener, hörst du, Braun? *Hartmann versucht, Braun trocken zu reiben.* Verstehst du mich? Du mußt mich unterweisen in deiner Kunst.

BRAUN Was? Was war? Was habe ich gemacht?

HARTMANN Du bist über den Asphalt gerollt, und hast auf deinen Fäusten geblasen, daß es schallte wie die Posaunen von Gibea. Die Leute waren wie von Sinnen! Es war –

BRAUN Die Leute –?

HARTMANN Es war wunderbar.

BRAUN – haben gesehen, wie ich auf der Straße –? – gerollt? Ich nehme Ihr Angebot an.

HARTMANN Welches Angebot?

BRAUN Sie wollten mein Diener sein.

HARTMANN Diener Hartmann. Stets zu Ihren Diensten, Herr Direktor.

BRAUN Einen Strick.

HARTMANN *löst den Strick, der seine Plastiktüten zusammenhielt, und überreicht ihn Braun* Einen Strick, Herr Direktor.

BRAUN *knüpft eine Schlinge, steigt auf seinen Aktenkoffer, hält mit der einen Hand das Strickende hoch und versucht mit der anderen Hand die Schlinge über seinen Kopf zu ziehen* Hartmann, helfen Sie mir.

DIE MUSIKER *verkennen den Ernst und spielen eine Musik wie im Zirkus, wenn es spannend wird.*

HARTMANN Jawohl, Herr Direktor. Gerollt, Herr Direktor! Sie sind gerollt wie der Novemberatlantik über den grauen Strand von Ballyhornsdevil. *Hartmann steigt zu Braun auf den Koffer, nimmt ihm den Strick ab und läßt die Schlinge hin- und herpendeln.*

BRAUN Was soll das?

HARTMANN Sie können jetzt nicht wie ein Gymnasiast –. Sie müssen weiterrollen, Herr Direktor, weiterrauschen, weiterblasen!

BRAUN *erwischt die Schlinge endlich, steckt seinen Kopf hindurch und springt vom Aktenkoffer* Endlich Ruhe!

HARTMANN *gibt mit dem Strick nach, daß nichts passiert* Du machst etwas falsch, Chef. Du mußt das so machen. So und so und so und so. *Löst die Schlinge von Brauns Hals, legt sie sich um den eigenen Hals, hält das Strickende hoch, springt vom Aktenkoffer und spielt beides: den Baum und den, der daran baumelt.*

DIE MUSIKER *beenden jäh ihre Zirkusmusik und lassen wieder das Rauschen des Flusses ertönen.*

BRAUN Ich bitte Sie. Machen Sie doch keinen Unsinn. *Er versucht Hartmann aus der Schlinge zu ziehen mit dem Erfolg, daß dem die Zunge nur noch weiter zum Hals heraushängt. Braun schaut sich verzweifelt um, bindet den Aktenkoffer an seine Krawatte, will ihn und sich in den Fluß schleudern. Hartmann fleht um ein Mikrofon.*

EIN MUSIKER *wirft Hartmann ein Mikrofon zu.*

HARTMANN *ins Mikrofon* Verzage nicht. Du kannst dein Unglück von dir blasen. Blas und ein Toter wird auferstehen und dich auf eine Reise bis zum Ziel deiner Wünsche führen.

BRAUN *starrt zum Himmel, woher er die Stimme zu hören glaubt* Eine Reise? Zum Ziel meiner Wünsche? Wo soll das liegen?

HARTMANN *ins Mikrofon* Am Arsch der Welt.

BRAUN *schreibt auf, was er verstanden hat.* Nach Aschenfeld, Blas, und ein Toter wird auferstehen? *Braun versucht auf seinen Fäusten zu blasen. Er bringt keinen Ton zustande.* Ein Toter wird auferstehen und mich zum Ziel meiner Wünsche führen. *Braun klopft Hartmanns Taschen ab, zieht eine Schnapsflasche hervor und versucht angewidert darauf zu blasen. Er bringt keinen Ton zustande.* Zum Ziel meiner Wünsche? *Braun stiert in die Flasche.*

DIE MUSIKER *verführen Braun mit lockenden Tönen zum Trinken und gaukeln ihm die wunderbare Wirkung des Schnapsrausches vor.*

BRAUN *trinkt und singt dagegen an.*

Der Wodka ist so widerlich,
ich kann ihn nicht ertragen,
er macht mich schwach und liderlich,
wirft auf die Erde nieder mich
und will mir Angst einjagen.
Er nimmt einen weiteren Zug aus der Flasche.
Der Wodka ist ein Känguruh,
macht mich zum Kängurühchen,
in seinem Beutel ist nicht Ruh,
er schwabst und schlingert immerzu
und kann so übel riechen.
Er nimmt einen weiteren Zug aus der Flasche.
Der Wodka ist ein Dornenstrauch,
zerfetzt mir meine Häute
und dringt mit seinem süßen Hauch

mir in die Seele und den Bauch,
macht mich zu Satans Beute.
Er nimmt einen weiteren Zug aus der Flasche, taumelt gegen den hängenden Hartmann, daß der hin- und herschwankt, versucht ihm schwankend auszuweichen, daß es aussieht, als tanzten sie beide.
Der Wodka ist ein Wirbelwind
und ich ein stiller See,
er macht mich dunkelblau wie Tint
und wühlt mich auf und quält und schindt
und peitscht mich in die Höh.
Er nimmt einen weiteren Zug aus der Flasche.
Der Wodka ist mein größter Feind,
denn ich bin Herr Direktor
und nicht ein Tölpel, der vereint
mit andern Tölpeln lacht und weint
und sich wie ein Hornochse vollaufen läßt.
Er nimmt einen letzten Zug aus der Flasche, und bläst auf seinen Fäusten wunderbare Töne, die

PEEK *auf seinem Saxophon* erzeugt.

HARTMANN Himmelsmusik! Ich bin im Himmel. Dann bist du der liebe Gott.

BRAUN *besoffen und gebauchpinselt* Nun ja – wissen Sie – man macht was man kann – nicht der Rede wert – ich meine –

HARTMANN Gut, dich zu sprechen. Endlich ist der Krampf vorbei. Ich war ein Penner, weißt du?

BRAUN *besoffen* Penner.

HARTMANN Tagein, tagaus auf Zeitungen unter Brücken – endlich hat dieses Elend ein Ende. Der Himmel gefällt mir. Deine Engel musizieren wunderbar.

BRAUN Nun ja – auch ich – tagein, tagaus über Brükken unter Zeitungen – ich meine – kennen Sie den

Weg nach Dings – nach – *liest, was er aufgeschrieben hat* – nach Aschenfeld?

HARTMANN Nach Aschenfeld? Eine gewaltige Reise.

BRAUN Sie werden mich begleiten.

HARTMANN Nach Aschenfeld? Mein Gott! Was verlangst du von mir?

BRAUN Sie werden mich begleiten.

HARTMANN Dein Wille geschehe, Herr. Ich werde dich begleiten, wenn deine Engel blasen, folg ich dir ans Ende der Welt.

BRAUN Ach was! Die Engel lassen wir im Himmel.

HARTMANN *packt Braun und hält ihm die Flasche unter die Nase* Nur wenn sie blasen, will ich dich begleiten.

BRAUN *reißt sich los* Ich bin der Chef. Ich brauche einen klaren Kopf.

HARTMANN *zur Flasche* Als ob es etwas klareres gäbe, für seine trübe Birne.

DIE MUSIKER *spielen ihre Großstadttrommeln, die immer mehr Hall bekommen. Hartmann schleudert Brauns Schirm fort.*

BRAUN Hartmann! Was soll das?

HARTMANN Ballast abwerfen.

BRAUN *stürzt hinter seinem Schirm her* Wie bitte?

HARTMANN *schleudert Brauns Aktenkoffer fort* Chef, wir müssen Ballast abwerfen, um loszukommen.

BRAUN *springt Hartmann an die Gurgel* Sind Sie wahnsinnig?

HARTMANN Es hat Fälle gegeben, da ist zum Beispiel einer um die halbe Welt gefahren und ist doch nicht losgekommen.

BRAUN *läßt das Würgen und lehnt sich interessiert an Hartmann* Ach was?

HARTMANN Er ist von Wuppertal nach Shanghai gefahren, hat die Straßen von Chinesen wimmeln sehen und ist doch über beide Ohren in Wuppertal stecken geblieben. Welchen Fehler hat er gemacht? *Braun holt einen Taschenrechner vor und rechnet.*

MUSIKER *spielt das Tastendrücken des Rechners auf dem Klavier.*

BRAUN *liest das Ergebnis ab und verkündet es* Er hat zu wenig Ballast abgeworfen. *Braun schleudert seinen Rechner fort.*

HARTMANN Richtig.

BRAUN *erkennt, was mit seinem Rechner passiert ist und springt Hartmann erneut an die Gurgel* Mein Taschenrechner!

HARTMANN *hält Braun die Flasche hin* Trink, Chef, dann wirst du verstehen. Nimm einen ordentlichen Schluck. Das ist eine große Hilfe beim Ballast abwerfen.

BRAUN *zeigt auf Hartmanns Tüten* Und Ihr Ballast? Was ist mit Ihrem Ballast?

HARTMANN Das ist kein Ballast, Mann. Das ist lebendige Materie. Trink, damit du den Unterschied begreifst.

PEEK *als Bahnhofslautsprecher* Achtung, Achtung! Auf Gleis 17 hat Durchfahrt der Transeuropaexpress Siegesmund. Bitte vortreten über die Bahnsteigkante.

CLOPPENBURG *erzeugt einen durchfahrenden Zug mit hundertstimmigem Aufschrei.*

BRAUN Ich trinke nicht.

DIE MUSIKER *stellen Bahnhofsgeräusche her, die sie mit dem folgenden Dialog verschränken.*

HARTMANN Dann vergesse ich den Weg nach Aschenfeld.

BRAUN Ich muß doch einen klaren Kopf bewahren.

HARTMANN Welch brummende Torheit. Wir haben eine gewaltige Reise vor uns. Wir müssen Tod und Teufel überwinden, ehe wir Aschenfeld erreichen.

BRAUN Quatsch.

HARTMANN Da ist es verdammt wichtig, daß sich zwischen uns eine Ebene herstellt, auf der wir kooperieren können. Du sollst trinken, damit sich diese Ebene herstellt, Braun.

BRAUN *setzt die Flasche an den Mund – die Bahnhofsgeräusche setzen für eine Sekunde aus* Angst.

HARTMANN *nickt verständnisvoll* Ich verstehe, Chef. *Er zieht eine tote Maus aus seinem Mantel.* Gleich überwindest du die Angst und trinkst. *Braun schüttelt den Kopf.* Wetten wir um diese Maus.

BRAUN Um diese Maus?

HARTMANN Wer verliert muß sie schlucken.

BRAUN Aber die stinkt ja.

HARTMANN Das glaub ich gern. Die Mäusepest riß sie vor sieben Tagen jäh von meiner Seite. *Braun wird es übel.* Nimm einen Schnaps, dann wird dir besser.

MUSIKER *als Bahnhofslautsprecher* Achtung, Achtung! Der Mann braucht einen Schnaps.

HARTMANN Hörst du es nicht? Auch die Bahnhofsbehörde würde es begrüßen.

BRAUN Nein. *Braun tritt zurück, um sich zu übergeben.*

HARTMANN Da steht er nun und will lieber kotzen als eine Ebene herstellen, auf der wir kooperieren können.

MUSIKER *als Bahnhofslautsprecher* Achtung, Achtung! Auf Gleis 11 hat Durchfahrt der Intercity 512 nach Rom. Bitte zurücktreten von der Bahnsteigkante.

HARTMANN Leb wohl, Braun. *Hartmann legt sich aufs Gleis.*

BRAUN *stürzt herbei* Hartmann! Kommen Sie von den Gleisen!

HARTMANN Was schert mich dein Aschenfeld. Als ich tot war, hörte ich die Engel singen. Ich will sie wiederhören.

BRAUN Nicht doch.

HARTMANN Laß mich –!

DIE MUSIKER *lassen den Intercity vorüberdonnern. Braun zieht Hartmann mit letzter Kraft vom Gleis.*

HARTMANN *versucht erneut sich umzubringen* Ich will die Engel hören, hörst du, Chef, das ist mein gutes Recht. Ich will sie wieder hören!

BRAUN *zieht Hartmann die Flasche aus dem Mantel* Da haben Sie ihre Engelsmusik. *Er trinkt.*

CLOPPENBURG *trommelt zum gluckernden Schnaps und den aufgewühlten Gefühlen.*

BRAUN Zum allerletzten Mal Ihre Engelsmusik. *Er trinkt.* Ihre verfluchte Engelsmusik. *Braun trinkt, bis er zusammensackt und auf den Fäusten wunderbare Töne bläst, die Peek auf seinem Saxophon erzeugt. Hartmann lauscht wie im Rausch, beobachtet jede Bewegung, zückt ein Büchlein, in das er Notizen und Skizzen macht, will es Braun nachmachen, schafft keinen Ton, reißt Braun die Fäuste vom Mund, um auf ihnen zu blasen, schafft auch auf ihnen keinen Ton, gibt Braun seine Fäuste zurück, lauscht weinend dessen Tönen, trinkt und versucht auf seinen Fäusten zu blasen. Peek spielt einen Krächzer.*

DIE MUSIKER *erzeugen plötzlich Geräusche eines fahrenden Zuges, die in eine Reisesinfonie münden. Hartmann und Braun geraten schlagartig in ein gleichförmiges Ruckeln, als säßen sie in einem Zug. Sie schlafen ein.*

CLOPPENBURG *erzeugt ein Schrankenklingeln.*

HARTMANN *wacht davon auf, nimmt einen Schluck und gießt Braun Schnaps über den Kopf. Braun leckt sich den Schnaps aus den Mundwinkeln.* Es ist noch Hoffnung. Die Zunge kapiert schon. Folge ihr nach, Braun! *Er versucht auf seinen Fäusten zu blasen.*

PEEK *bläst einen verunglückten Ton.*

HARTMANN Bis Aschenfeld ist es noch lang. Noch ist Hoffnung. *Hartmann schwankt den Gang entlang, zündet sich eine Zigarette an und schaut in die Nacht hinaus.*

CLOPPENBURG *läßt die Lokomotive pfeifen.*

BRAUN *schreckt hoch* Was wird werden in Aschenfeld? *Er sackt wieder nieder.*

DIE MUSIKER *erzeugen hoffnungsvolle euphorische Töne, die die folgenden Worte und Sätze durchdringen.*

HARTMANN Es wird alles ganz ganz anders sein, Chef. Aschenfeld ist die Stadt hinterm Fluß, so schön, daß wir sie kaum erkennen können, weil unsere Tränen so gewaltig fließen, bei ihrem Anblick. Und der Fluß wird Schnaps und Chaos sein. Wir werden durch Schnaps und Chaos kraulen, und unsere Feinde werden darin ersaufen wie Bügeleisen. Wir aber werden aus Schnaps und Chaos steigen wie die Venus aus dem Meer, und bleierne Muschelschalen werden von uns abfallen, daß es scheppern und dröhnen wird, und unsere Schritte werden leicht und sicher sein. Und unsere Uhren werden davonwehen, und die Sonne wird sie verputzen, wie eine Kröte Fliegen verputzt, und wir werden uns daran freuen, denn was brauchen wir Uhren in Aschenfeld, wo es keine Stunden mehr gibt, nur noch Tage und Nächte, von Stunden befreite Tage und Nächte. Kannst du sie dir vorstellen Braun?

BRAUN *fährt hoch* Was?

HARTMANN Von Stunden befreite Tage und Nächte! Kannst du sie dir vorstellen?

BRAUN Nein.

HARTMANN Willst du sie dir vorstellen können, Braun? *Braun überlegt.* Dann trink deinen Schnaps durch eine Posaune.

BRAUN Durch eine Posaune?

HARTMANN Herr Schaffner, könnten Sie uns mal eben kurz Ihre Posaune borgen?

CLOPPENBURG *überreicht Hartmann eine Posaune* Sie haben Glück.

HARTMANN Besten Dank. Ich bringe sie Ihnen nach Gebrauch zur Lokomotive vor. *Er füllt den Becherverschluß seiner Flasche mit Schnaps, setzt die Posaune dem liegenden Braun an den Mund und kippt den Schnaps in den Posaunentrichter.*

EIN MUSIKER erzeugt Posaunentöne.

HARTMANN Braun, wie wird dir? Beschreibe genau, wie dir wird.

DIE MUSIKER *drücken mit Tönen aus, was der Schnaps in Braun bewegt.*

BRAUN Angst.

HARTMANN Das ist die Angst, die der Schatten macht, den das Licht dahinter wirft. Trink weiter und beschreibe das zweite Stadium.

Hartmann kippt einen zweiten Becher Schnaps in die Posaune.

EIN MUSIKER *erzeugt Posaunentöne.*

HARTMANN Braun, wie wird dir?

DIE MUSIKER *drücken mit Tönen aus, was der Schnaps in Braun bewegt.*
BRAUN Der Horizont wird weit.
HARTMANN Ja, so ist es. Der Horizont wird weit. Läßt es sich nicht noch präziser ausdrücken? *Braun trinkt und lauscht in sich.*
EIN MUSIKER erzeugt Posaunentöne.
HARTMANN Na, Braun?
DIE MUSIKER *drücken mit Tönen aus, was der Schnaps in Braun bewegt.*
BRAUN Eine unbestimmte Erregung durchpulst den Körper.
HARTMANN Ja, das ist wahr. Eine unbestimmte Erregung. *Braun trinkt und lauscht in sich.*
EIN MUSIKER erzeugt Posaunentöne.
HARTMANN Und was noch, Braun?
DIE MUSIKER *drücken mit Tönen aus, was der Schnaps in Braun bewegt.*
BRAUN Ein Gefühl grenzenloser Schwerelosigkeit.
HARTMANN Ja, Braun, ja –. *Braun trinkt und lauscht in sich.*
EIN MUSIKER erzeugt Posaunentöne.
HARTMANN Ein Gefühl grenzenloser Schwerelosigkeit, und?
DIE MUSIKER *drücken mit Tönen aus, was der Schnaps in Braun bewegt.*
BRAUN Es ist als ob der Tag, als ob die Nacht keine Stunden mehr hat.
HARTMANN Braun! So wird es werden in Aschenfeld. *Braun bläst auf seinen Fäusten.*
PEEK *bläst wunderschöne Saxophontöne, die an die Melodie von »O, Samoa« erinnern. Hartmann versucht es ihm gleichzutun. Peek erzeugt Saxophongekrächz.*

BRAUN Was wird, wenn uns in Aschenfeld der Schnaps ausgeht?

DIE MUSIKER *erzeugen noch einmal hoffnungsvolle euphorische Töne, die die folgenden Worte und Sätze durchdringen.*

HARTMANN In Aschenfeld werden wir keinen Schnaps mehr brauchen. Wir werden den letzten Tropfen verschütten, daß unsere Feinde darin ersaufen. Mit vollen Händen! Wir werden den Schnaps mit vollen Händen verschütten. Es wird wunderbar.

BRAUN *fassungslos* Den letzten Schnaps?

HARTMANN Den letzten Schnaps. Ich weiß ein Rezept. *Zückt sein Büchlein und liest daraus vor.* Wenn du auf einer Trommel deinen Schnaps zertrommelst und ihn total zertrommelt durch die Flöte saugst, wirst du begreifen, wirst du ganz leicht den letzten Schnaps in alle Winde schütten.

BRAUN Total zertrommelt?

HARTMANN Total zertrommelt.

BRAUN Aber wo sollen wir –?

DIE MUSIKER *erzeugen Geräusche eines haltenden Zuges, sowie Stimmen und Geräusche auf dem Bahnsteig.*

HARTMANN Nur Mut, Chef. Dein Zug hält. Dein Diener eilt. Es wird in diesem lausigen Kaff noch eine Trommel aufzutreiben sein und eine Flöte.

BRAUN *schaut zum Zug hinaus und holt tief Luft* Ich reise, ich reise, und ihr müßt bleiben. O, ihr Unglücklichen!

DIE MUSIKER *erzeugen Geräusche eines abfahrenden Zuges. Hartmann springt mit Trommel und Flöte im letzten Moment auf. Er gießt Schnaps auf die Trommel. Braun trommelt besessen das schnapsspritzende*

Trommelfell (Scheinwerfer in der Trommel) und greift zur Flöte. Monotone Zugfahrgeräusche.

HARTMANN Du mußt die Löcher zuhalten. Alle, bis auf das tiefste Loch, durch das die zertrommelte Substanz in die Flöte tritt, und das höchste Loch, durch das die zertrommelte Substanz in den Braun tritt. *Braun tut das, trinkt und lauscht in sich.*

EIN MUSIKER erzeugt Flötentöne.

HARTMANN Nun?

DIE MUSIKER *drücken mit Tönen aus, was der Schnaps in Braun bewegt.*

BRAUN *formt seine Hände zu einer Schale, läßt sie von Hartmann mit Schnaps füllen und schüttelt ihn in alle Winde* Wunderbar.

HARTMANN So wird es werden in Aschenfeld. *Hartmann versucht auf seinen Fäusten zu blasen.*

PEEK *bläst immer schönere Krächzer.*

CLOPPENBURG *verstärkt die folgende Angstphase mit reduzierter Trommel.*

BRAUN *nach längerem Nachdenken* Was ist, wenn wir Aschenfeld nie erreichen? Wenn mir der Teufel diese Reise eingeblasen hat, um uns zu quälen, uns unsre Seelen abzujagen? Ich habe geträumt, meine ganze Firma wäre unterwegs nach Aschenfeld. Wir waren Greise, solange flogen wir schon in einer viermotorigen Superkonstellation über die Erde. Und du warst der Pilot. Im Tiefflug suchten wir Aschenfeld.

HARTMANN *drückt Braun beruhigend in seine Polster* Wir setzen unsern Willen gegen böse Träume. *Hartmann schwankt aus dem Abteil den Gang hinunter zum WC und pinkelt.*

EIN MUSIKER *läßt ein WC rauschen. Hartmann schwankt zurück.*

BRAUN Aschenfeld ist ein Kerzenlicht, und wir sind zwei Nachtfalter. Wir flattern zum Licht und verbrennen. – Weißt du, warum die Nachtfalter immer ins Licht fliegen? Weil sie glauben, daß sie in einen dunklen Kasten gesperrt sind. Und wenn du eine Kerze anzündest, jubeln sie: ein Loch ist im Kasten, nichts wie hindurch in die Freiheit! und schon verbrennen sie.

HARTMANN Die Posaune! Ich habe die Posaune vergessen. *Hartmann schwankt mit der Posaune Richtung Lok.*

DIE MUSIKER *lassen die Bremsen des Zuges unheimlich aufkreischen.*

BRAUN Hartmann!

DIE MUSIKER *lassen einen Gegenzug vorbeidonnern. Das Licht beginnt zu flackern.*

BRAUN Hartmann! *Braun springt entsetzt auf. Das Licht verlöscht ganz.*

DIE MUSIKER *lassen plötzlich den Zug so leise rauschen, daß Brauns erregter Atem zu hören ist.*

BRAUN *zündet ein Streichholz an. Es brennt ganz ruhig. Plötzlich verlischt es. Atem im Dunkel. Ein Streichholz flammt auf.* Mamma.

HARTMANN *hält das Streichholz und die Posaune in Händen* Was?

BRAUN *schämt sich seiner Angst* Ein Höllensturm ist draußen.

HARTMANN Wir sind die einzigen Menschen im Zug, Chef. Selbst die Lokomotive ist leer. Wir fahren ganz alleine durch die Nacht. *Das Licht geht flakkernd an.*

BRAUN *entsetzt* Das Knacken.

HARTMANN Was für ein Knacken?

BRAUN Es ist weg. Das Knacken ist weg. Da, wo die

Enden zusammenstoßen – die Enden der Schienen. Wenn der Zug da rüberfährt, knackt es doch immer. Aber jetzt – jetzt ist das Knacken weg.

HARTMANN *begeistert* Ja, Chef. Du hast es erfaßt! Es ist weg.

BRAUN Bist du sicher, daß wir die Schienen noch berühren?

HARTMANN Wir rauschen durch die Stratosphäre.

BRAUN Ist noch Schnaps da?

HARTMANN Wir haben alles verschüttet.

BRAUN *weint* Aber ich brauche ihn jetzt.

DIE MUSIKER *geben den folgenden Hartmannsätzen eine gekünstelt schrille Heiterkeit, die Hartmanns Angst verdeutlicht.*

HARTMANN Keine Angst, Chef. Ich schätz, wir sind nicht ganz allein im Zug. Ein Closett war verschlossen! Es kam zwar keine Antwort, als ich rief: Die Posaune, Herr Schaffner, ich möchte die Posaune zurückbringen. Aber – *Er lacht.* – begreifst du nicht? *Er holt eine weitere Schnapsflasche aus seinem Mantel und nimmt heimlich einen Schluck.* Der Lokomotivführer und der Schaffner liebten sich. Sie hatten ein Rendezvous im Closett. Klar, daß keiner antwortete. Klar, Mann, die hatten was andres am Hut als Posaunen.

BRAUN Aber wenn der Zug nicht mehr auf den Schienen – *schaut zum Fenster hinaus und stößt einen schrecklichen Schrei aus.*

HARTMANN *erschrocken* Was ist?

BRAUN Ein Gesicht.

HARTMANN Ein Gesicht?

BRAUN Ich habe draußen ein Gesicht gesehen.

HARTMANN *nimmt Braun in seinen Arm. Braun versteckt seinen Kopf in Hartmanns Mantel.* Beruhige dich, Chef. Beruhige dich. Der Sturm läßt nach. Der Mond ist frei von Wolken.

DIE MUSIKER *spielen die Der-Mond-ist-frei-von-Wolken-Sinfonie, die wieder in den fahrenden Zug mündet. Dann versehen sie Hartmanns Sätze mit verklärenden Mond-Tönen und Brauns Sätze mit der reduzierten Angsttrommel.*

HARTMANN Wie schön jetzt ein Schnäpschen wäre.

BRAUN Der Sturm hat die Bäume entwurzelt.

HARTMANN Ein schönes Bild, das zu uns paßt.

BRAUN Sie liegen auf den Schienen, wir müssen springen, Hartmann!

HARTMANN Die Schienen leuchten im Mondlicht bis weit zum Horizont.

BRAUN Springen! *Springt aus dem Zug in einen Fluß.*

DIE MUSIKER *erzeugen Glasgeschepper.*

HARTMANN *hat seinen Mantel über die Schulter geworfen, daß das speckig glänzende Futter außen ist und seine Mütze tief ins Gesicht gezogen. Er schwankt als stünde er in einem Boot. Mit verstellter Stimme.* Das Boot ist bereit. Wir können fahren.

BRAUN *watet durch das Wasser eines ruhig fließenden Flusses.* Wohin? *Er steigt ins Boot.*

DIE MUSIKER *erzeugen das Platschen im Wasser und die Geräusche des schwankenden Bootes und des Ruders im Fluß.*

HARTMANN *rudert Braun über den Fluß. Er spricht mit verstellter Stimme.* Ans andere Ufer.

BRAUN Wer sind Sie?

HARTMANN *mit verstellter Stimme* Der Fährmann. Ich hörte Sie rufen.

BRAUN Ich bin aus dem Zug gesprungen von der Brücke in den Fluß. Ich mußte springen. Der Sturm hatte Bäume auf die Schienen geworfen. Er ist entgleist mit einem guten Menschen.

HARTMANN *mit verstellter Stimme* Welcher Sturm?

BRAUN Haben Sie geschlafen? Es war ein fürchterlicher Sturm.

HARTMANN *mit verstellter Stimme* Es war eine milde Mondnacht, wie lange nicht. Ich war wach, weil ich wußte, daß Sie kommen würden. Es fährt schon lange kein Zug mehr über die Brücke.

BRAUN Hartmann.

DIE MUSIKER *erzeugen die Geräusche eines ruhig fließenden Flusses.*

BRAUN *lauter* Hartmann.

DIE MUSIKER *erzeugen die Geräusche eines ruhig fließenden Flusses.*

BRAUN *panisch* Hartmann.

DIE MUSIKER *erzeugen die Geräusche eines ruhig fließenden Flusses.*

BRAUN Wie ruhig der Fluß fließt. Als ich darin schwamm, war er reißend und wild.

HARTMANN *mit verstellter Stimme* Es ist eine wunderbare Nacht. Der Mond. An Schlaf war nicht zu denken.

DIE MUSIKER *erzeugen Töne, die an die Der-Mond-ist-frei-von-Wolken-Sinfonie erinnert.*

BRAUN Er war ein großartiger Mensch.

HARTMANN *mit verstellter Stimme* Das sagt sich leicht, wenn er für immer fort ist.

BRAUN Er war so lebendig, so mitreißend. *Braun macht eine heftige Bewegung, daß das Boot schwankt.*

DIE MUSIKER *erzeugen die Geräusche eines schwankenden Bootes im Fluß.*

HARTMANN *mit verstellter Stimme* Hatten Sie es ihm gesagt?

BRAUN Nein, nie. Er war mein Diener.

HARTMANN *mit verstellter Stimme* Ich verstehe. Einem Diener läßt sich so etwas nicht sagen. Wir sind angekommen.

DIE MUSIKER *lassen kreischend ein Metalltor sich öffnen zu einer unheimlich hallenden Halle.*

BRAUN Was ist das für ein Ort? – Wer sind Sie?

HARTMANN *mit verstellter Stimme* Ich werde es Ihnen ins Ohr flüstern.

BRAUN *weicht zurück und schreit* Hartmann! *Hartmann treibt Braun in die Enge, beugt sich langsam über ihn und flüstert ihm ins Ohr.* Mein Fährmann?

HARTMANN *mit verstellter Stimme* Erkennen Sie mich nicht?

DIE MUSIKER *erzeugen den verfremdeten Schrei aus der Eisenbahn. Braun erstarrt vor Schreck.*

HARTMANN *mit verstellter Stimme* Du erkennst mich. Wir haben uns durch die Fensterscheibe der Eisenbahn gesehen. Du hast mir sehr gefallen. Ich habe dich seither nicht vergessen können. Nun bin ich da, dich als meine Braut heimzuführen. *Hartmann packt Braun und tanzt einen Tango mit ihm.*

DIE MUSIKER *spielen einen Tango. Das geflüsterte Gespräch der Tanzenden während des Tanzes lassen die Musiker vom Band kommen.*

BRAUN *kokett verschämt wie eine junge Braut* Es ist noch nicht so lange her, da war ich auf dem Weg zu dir. Ich habe es mit einem Strick versucht.

HARTMANN *mit verstellter Stimme* Mein Schwälbchen. Da komm ich ungern. Ich finde es häßlich, wenn die Braut sich so ranschmeißt. Ich bin doch der Bräutigam. Ich will doch meine Braut erobern. *Hartmann küßt Braun.* Warum weinst du?

BRAUN Ich will noch nicht sterben.

HARTMANN *mit verstellter Stimme* Was für ein häßliches Wort.

BRAUN Ich bin noch auf Reisen. Zum Ziel meiner Wünsche.

HARTMANN *mit verstellter Stimme* Sag mir deine Wünsche.

BRAUN Aschenfeld. Ich möchte Aschenfeld erreichen. *Hartmann lacht.* Die Ruhe. Die Ordnung. Die Klarheit. *Sie beenden ihren Tanz.*

HARTMANN *mit verstellter Stimme* Niemand hat mehr davon als ich. *Zieht seine Flasche hervor, nimmt Braun mit der einen Hand in den Arm und gibt ihm zu trinken, ergreift mit der anderen Hand ein Mikrophon und singt zur Melodie des Tangos.*

Trink meinen Wein
und lausch meiner Weise
schön ist ihr Schein
im Rausch geht die Reise
munter zu ende
munter zuend.

Braun trinkt, bis er auf seinen Fäusten bläst. Hartmann macht genau Brauns Bewegungen nach in der Hoffnung, so das Blasen auf den Fäusten zu lernen. Braun bläst immer wahnsinniger, bis er umfällt.

PEEK *bläst wunderschöne Saxophontöne, in die sich wild durcheinander Krächztöne mischen, bis er mit einem schrillen Ton jäh abbricht.*

HARTMANN *zu Tode erschrocken* Nein, Braun! Du darfst mich jetzt noch nicht verlassen! Ich finde allein doch nicht den Weg. Chef, hörst du mich? Dein Diener Hartmann ruft. Er braucht dich. *Endlich geht eine Bewegung durch Brauns Körper. Erleichtert.* O, Chef! Der Weg ist voller Schrecken. *Hartmann deckt Braun mit seinem Mantel zu, summt die*

Melodie von »Trink meinen Wein«, legt sich neben ihn, nimmt einen Schluck, bläst auf seinen Fäusten und schläft blasend neben Braun ein.

PEEK *bläst immer schöner. Sein Spiel endet mit gleichmäßigen Schlaftönen, bis plötzlich die* MUSIKER *eine Waldsinfonie spielen, die am Ende zu Geräuschen und Stimmen des Waldes wird. Braun erwacht, streckt gähnend seine Arme – die Stimmen des Waldes schweigen. Dann geht ein Flüstern durch die Wipfel der Bäume.* Guten Morgen, Herr Direktor Braun. Guten Morgen, Herr Direktor Braun.

BRAUN *gut gelaunt* Guten Morgen.

DIE MUSIKER *spielen wieder die Stimmen des Waldes. Braun erhebt sich, schafft wieder mit zwei Armbewegungen Ruhe und ruft wie ein Dirigent die einzelnen Stimmen ab: den Kuckuck, den Specht, den Wind in den Bäumen usw. Dann gibt er seinen Einsatz und dirigiert die Stimmen des Waldes, die ihm exakt gehorchen, bis plötzlich eine Drossel ausschert und singt, wie ihr der Schnabel gewachsen ist. Braun bricht sein Konzert ab, knöpft sich den Übeltäter vor, bringt ihn mit einer Soloübung zur Räson und spielt sein Konzert von neuem, solange, bis jene Drossel zum zweiten Male ausschert. Und diesmal reißt sie gegen die verzweifelten Dirigieranstalten des Herrn Direktor auch die anderen Stimmen des Waldes mit sich.*

BRAUN *läßt sich plärrend auf den Hintern fallen* Mama.

HARTMANN *bindet sich seinen Schal wie ein Kopftuch um und streichelt Braun wie dessen Mutter. Er spricht mit verstellter Stimme.* Was haben sie mit dir gemacht, mein Schätzchen? Beruhige dich, mein Kleiner. Ich bin doch bei dir. Wenn du groß bist, machst du es wie dein Papa. Du hebst die Arme hoch, und alle alle müssen dir gehorchen. Noch bist du klein. Hab keine Angst. Ich bin ja bei dir. *Hartmann säubert Braun den Hintern, reibt ihn ein und wickelt ihn.* Die böse Welt kommt nicht heran, die Kälte nicht, der Hunger nicht und nicht der schwarze Mann. *Hartmann holt seine Schnapsflasche vor und gibt sie Braun wie einem Säugling das Fläschchen. Braun saugt gierig.* Großer Gott, ich habe Vaters Fläschchen mit deinem verwechselt. *Hartmann will die Schnapsflasche wegreißen, doch Braun hat sich festgesogen.* Nicht doch, Chef, du hast zuviel davon gehabt in letzter Zeit. *Braun bläst auf seinen Fäusten.*

PEEK *bläst eine wunderschöne Saxophonweise, die gewaltsam unter- und abgebrochen wird.*

HARTMANN *versucht Braun die Fäuste vom Mund zu reißen* Wir wollen nach Aschenfeld und nicht dem Tod ins Messer laufen. *Er bindet Braun die Fäuste mit seinem Schal am Bauch fest, daß er nicht weiterblasen kann.* Erhol dich von den letzten Schrecken. Du bist noch schwach und müde. Schlaf, meine kleine Amsel, schlafe. Ich singe dir dein Lieblingslied.

DIE MUSIKER *begleiten Hartmann mit ihren Stimmen.*

HARTMANN *singt*

Die Sonne sinkt, dein Schatten wächst,
hat schon den halben Garten zugedeckt,
zwei Finken schlafen tief in deinem Schatten,
kleine Amsel, laß dein Schreien.
Der Tag war laut und wild und lang,
du hattest viele Stunden Zeit zum zetern,
nun kommt die Nacht mit leisen Flügelschlägen,
kleine Amsel, laß dein Schreien.

Du hast den ganzen Tag umsonst geschrieen?
Dein Schreien ist im Lärm der Stadt ersoffen?
Darum mußt du den stillen Abend wählen,
kleine Amsel, für dein Schreien?
Nun hör ich dich und bleib bei dir
und halt die Flügel über dich gebreitet
und säß alleine in der Weißdornhecke,
kleine Amsel, ohne dein Schreien.

Braun schläft. Hartmann löst Brauns Fesseln.

DIE MUSIKER *spielen eine kleine Amselmusik.*

BRAUN *erwacht und schreit* Ich sterbe vor Hunger.

Die Musiker schweigen schlagartig.

HARTMANN *betrübt* Wir haben nichts mehr.

BRAUN Wein nicht, Mutter. Es ist bestimmt noch etwas da. *Er holt Zeitungen aus Hartmanns Plastiktüten und breitet sie wie ein Tischtuch aus, sammelt kleinere Gegenstände der Musiker, mit denen er liebevoll den Tisch deckt.* Wir brauchen keinen Hunger leiden, Mutter. *Braun beginnt genüßlich Mundstücke, Triangel, Tromelstöcke und ähnliches zu essen. Hartmann schaut auf den essenden Braun wie auf einen lieben Freund, der seinen Verstand verliert. Plötzlich und beiläufig.* Hartmann. Wo warst du? Ich glaubte –

HARTMANN Ich glaubte dicht davor zu sein und bin doch so weit noch entfernt.

BRAUN Geht die Reise noch lang?

HARTMANN Ich saß in einer warmen Sommernacht am Fenster, als ein Gewitterregen niederrauschte. Die letzten Tropfen fielen, da hüpfte meine zahme Ratte aus dem Fenster und lief im Mondschein einen Pfad zum Fluß hinunter. *Braun schaut ihn an wie einen lieben Freund, der seinen Verstand verliert.* Ich machte mich zu später Stunde auf die Suche nach dem Tier, das ich sehr mochte. Ich fand die Ratte nicht. Doch auf der Brücke mitten überm Fluß stand eine Frau und winkte. Und aus der Ferne schallte eine Tarantella, in deren wilde Töne sich das Pfeifen meiner Ratte mischte. Ich winkte auch und lief die Treppen hoch zu Brücke. Die Frau war fort. Die Tarantella trieb mich weiter, daß meine Füße auf der Brücke knallten, bis sie im Schlamm des andern Ufers schmatzend steckenblieben. Da stand ich wie ein Baum und fühlte meine Wurzeln wachsen und hätte nicht gedacht, daß eine weiße Hand auf meiner Rinde mir solchen Schrecken machen könnte. Mein Herz stand still. Die Frau war plötzlich bei mir und ich erkannte sie sofort. Wir hielten uns umklammert, und unsere Tränen flossen, daß wir begannen, uns in unsern eignen Tränen aufzulösen. Ich hatte Angst, lief wieder über die Brücke, sah mein Spiegelbild, als ich mich über das Geländer beugte, und sah die Frau mit dem Gesicht im Mondlicht auf dem Flusse treiben, bis sie den Kopf voran in meinem Spiegelbild verschwand. Als ich nach Hause kam, saß meine Ratte zwischen den Geranientöpfen und pfiff, als ob sie niemals –

BRAUN Und wie lang –?

HARTMANN Still.

BRAUN – wie lang geht die Reise noch?

HARTMANN Still, da ist sie wieder.

BRAUN Wer?

HARTMANN Die Tarantella!

DIE MUSIKER *spielen und singen eine Tarantella, die aus der Ferne immer näher kommt.*

Und hat der Mensch kein Leben mehr, dann ist er kalt und tot, dann taucht er noch als Humusquell und Leichenwürmerbrot.

Hartmann streicht sein Haar glatt, holt ein Päckchen aus Zeitungspapier aus seinem Mantel, entnimmt ihm eine Krawatte und bindet sie um. Braun erkennt erschrocken, daß Hartmanns Traumgeschichte offenbar Wirklichkeit wird.

Und hat der Mensch kein Leben mehr, ist was er dachte Rauch,
und was er sprach und was er sang und was er fühlte auch.

Hartmann steht da, als würde das Ziel seiner Wünsche nahe sein. Braun hält die Spannung nicht aus und beginnt nach der Tarantella zu tanzen.

Und was der Mensch geschaffen hat, ist wie die Spur im Sand
es reicht ein Wind, ein Regenguß, und nichts ist mehr bekannt.
Und haben ihn in seinem Grab die Würmer je gestört,
so ist er doch kein einzigs Mal zu uns zurückgekehrt.
Doch hat der Mensch sein Leben noch, hat er den besten Teil,
was bessres hält kein Gott, kein Pfaff und auch kein Teufel feil.
Und lebt er nicht, so hört er nicht das Sopranino schrein,
und sieht nicht wie sein Mädchen tanzt und trinkt von keinem Wein.

Ein Musiker projiziert mit einem Handkurbelprojektor einen Film an die Wand, der eine Frau in einer Buschlandschaft zeigt, die zu einer merkwürdigen Filmmusik näherkommt und mit einem Tüchlein winkt. Vielleicht sieht man aber auch nur ein Lichtgeflacker in einer spinnbewebten Ecke.

FRAU Ich schwebe zwischen Himmel und Erde, bis ich erlöst werde,
bis einer kommt und die Fäuste erhebt und die Fäuste belebt
mit mächtigem Schalle,
bis einer kommt und erlöst, was da schwebt und die die Arme erhebt,
in welche ich falle.

BRAUN *schaut entzückt aufdie Frau/das Lichtgeflakker* Ich kann das! Ich kann Sie erlösen. Die Fäuste beleben mit mächtigem Schall. *Braun befiehlt Hartmann.* Gib mir zu trinken.

HARTMANN Keinen Tropfen mehr.

BRAUN *beklopft Hartmanns Mantel* Du hast noch was! Gibt mir was zu trinken, Diener.

HARTMANN Nein.

BRAUN *brüllt* Ich bin der Chef. *Die Frau flieht erschrocken in den Hintergrund der Landschaft.* Jetzt hast du sie erschreckt, du Tölpel. Entschuldigen Sie, gnädige Frau – *Die Fliehende bleibt stehen.* – mein Diener – gleich werde ich – *Braun entreißt Hartmann die Flasche. Die Frau nähert sich wieder.* – Ich will Sie erlösen. *Braun trinkt.*

CLOPPENBURG *begleitet trommelnd den gluckernden Schnaps und beschreibt trommelnd Brauns aufgewühlte Seele.*

BRAUN Die Fäuste beleben mit mächtigem Schall. *Trinkt.*

HARTMANN Du sie erlösen? Was glaubst du, wer sie ist?

Er verscheucht die Frau mit einer obszönen Geste. Das Tüchlein, mit dem sie gewunken hatte, flattert von der Wand herab. Die Frau verschwindet im Buschwerk der Landschaft.

BRAUN *fängt ihr Tüchlein auf, wühlt sein Gesicht hinein und schluchzt* Wie lange noch? Wie lange muß ich noch warten?

DIE STIMME DER FRAU *von weit her aus den Büschen.* Zweihundertvierunddreißigtausendneunhundert-undsiebzehn.

BRAUN Da hörst du es, du Idiot. Es war die Sphinx.

BRAUN *schreibt die Zahl unter das Wort ASCHEN-FELD.* Das ist die Antwort der Sphinx auf meine Frage. Du hast die Sphinx verjagt, du Idiot.

HARTMANN Die Antwort auf welche Frage?

BRAUN *wütend* Wie lang die Reise noch geht.

DIE STIMME DER FRAU *von weit her aus den Büschen.* Sechsundfünfzigtausendeinhundertundacht. *Braun schreibt die Zahl hinter die erste Zahl unter das Wort ASCHENFELD.*

HARTMANN Eine lange Reise, Chef.

BRAUN Wenn die Sphinx Zahlen sagt, meint sei selten Zahlen. *Braun erkennt, daß das Wort ASCHEN-FELD genausoviel Buchstaben hat, wie die Frau Zahlen genannt hat, wenn eins und Null als Zehn, also als eine eine Zahl genommen wird. Er numeriert die Buchstaben von ASCHENFELD; zieht einen Strich unter die Zahlen und schreibt unter den Strich den zweiten, den dritten, den vierten, den neunten usw. Buchstaben und erhält so die beiden Worte SCHLAF und ENDE. Traurig stellt er fest.* Schlaf und Ende. *Die Kamera folgt zuerst ganz langsam, dann immer schneller der Frau hinterher in die Buschlandschaft hinein.*

HARTMANN Offenbar hast dus heraus, Chef. Schlaf und Ende. Nach dem Schlaf hat unsere Reise ein Ende. Du wirst also morgen in –

BRAUN – Aschenfeld aufwachen.

HARTMANN So hat deine Sphinx es verkündete.

BRAUN Und alles wird ganz anders sein.

HARTMANN Du wirst sehen.

BRAUN Ruhe, Ordnung und Klarheit.

HARTMANN Es wird soviel Klarheit sein, daß sich die Angst auflösen wird in all der Klarheit wie ein Klumpen Salz im Fluß.

BRAUN Aschenfeld. *Sie legen sich schlafen. Die Kamera rast immer schneller durch die Büsche.*

DIE MUSIKER *spielen die Aschenfeldsinfonie und fallen in einem kurzen Black, in dem der Film verlöscht, die Filmmusik aber noch einmal aufbraust, in den Großstadtlärm. Hartmann liegt auf seinen Zeitungen. Braun liegt bäuchlings auf seiner Financial-Times wie anfangs, als er gerade in Hartmanns Schal hängengeblieben und gestolpert war. Braun rappelt sich wieder als tadellos gekleideter Herr Direktor hoch, ergreift Zeitung, Schirm, Aktenkoffer, und schlägt diesen mit aller Gewalt gegen Hartmanns Kopf.*

HARTMANN Wer sind Sie? Was wollen Sie von mir?

BRAUN *schlägt, bis sich der Stadtstreicher nicht mehr rührt* Was liegt mir hier für Dreck im Weg?! *Er tanzt zum Lärm seiner geschäftigen Stadt, die Financial-Times lesend davon.* Kloekner Werke 159.5 −4. Lufthansa 169 −5.5. MAN 253 − 1. Mannesmann 215 −0,5. Preussag 240 +4. Thyssen 211 −1. *Das Tüchlein der Frau gerät Braun in die Finger. Er will es irritiert abschütteln. Es bleibt an seinen Fingern hängen.*

DIE MUSIKER *mischen in den Lärm der Großstadt letzte Fetzen der Aschenfeldsinfonie.*

FEIERABEND

Alltägliche Heimkehr

Mutter schrubbt den Fußboden. Aus dem Putzeimer schaut der Kopf eines Schäferhundes. Vater kommt mit seinem Aktenkoffer von der Arbeit heim. Er wischt sich den Schweiß unterm Hut weg.

VATER Wenn ich heimkomme, ist immer, immer, immer der Hund im Putzwasser. Mich nervt das.

TV

Vater macht den Abwasch, Mutter sitzt im Fernsehsessel und schaut sich die aktuellen Greuel im Fernsehen an.

VATER Herr Gott, geht das Fett schlecht ab.
MUTTER Deine Sorgen möcht ich haben.

Show down

Ein Mann ist vor dem Fernseher eingenickt. Im Fernsehen spricht der Tod.

TOD Ich habe heute die unangenehme Aufgabe, Ihnen mitzuteilen, daß jetzt für immer Sendeschluß ist. *Der Mann schläft weiter. Der Tod stellt den Fernseher etwas lauter ein.* Ich habe heute die unangenehme Aufgabe, Ihnen mitzuteilen, daß jetzt für immer Sendeschluß ist.

MANN *schreckt endlich hoch* Was?

TOD Ich habe heute die unangenehme Aufgabe, Ihnen mitzuteilen, daß jetzt für immer Sendeschluß ist.

MANN Wie bitte?

TOD *zückt die Fernbedienung* Heute abend bin ich es, der Sie ausschaltet.

MANN *zieht schnell wie ein Westernheld seine Fernbedienung, drückt ab und schaltet den Fernseher aus* Einer war schneller. Haha! *Er erhebt sich aus seinem Sessel und schaut furchtsam um sich.* Es gibt in ganz Hessen keinen, der schneller zieht. Und trotzdem ist mir mulmig.

WARUM?

Vater, Mutter und Kind schauen gebannt und verängstigt auf einen Fernsehapparat, aus dem sie der Fernsehsprecher anschreit.

FERNSEHSPRECHER Warum schreibt und komponiert ihr nicht?
Warum malt und modelliert ihr nicht?
Warum schreit und randaliert ihr nicht?

Feierabend

Herr und Frau Klose sitzen gemütlich bei ihrer Feierabendbeschäftigung im Sessel.

FRAU KLOSE Sei doch nicht immer so aufbrausend.
HERR KLOSE Wie?
FRAU KLOSE Ach, ich sagte nur, du sollst nicht immer gleich so aufbrausend sein.
HERR KLOSE So was?
FRAU KLOSE So aufbrausend.
HERR KLOSE Ich?
FRAU KLOSE Ja, wer sonst?
HERR KLOSE Ich?!!! Aufbrausend?!!!

Das gute Buch

Auf einer Parkbank sitzen mißmutig gelangweilt ein paar Herrschaften. Eine alte Dame setzt sich dazu. Sie holt ein Buch aus ihrer Handtasche und liest darin. Die Lektüre ist so hinreißend, daß nicht nur ihr Gesichtsausdruck alle Regungen von Rührung, Spannung, Komik, Trauer und Entsetzen zeigt, sondern auch die gelangweilten Beobachter davon animiert werden, bis die alte Dame merkt, daß sie beobachtet wird, ihr Buch zuklappt und geht. Schnell kehren Mißmut und Langeweile bei den Herrschaften zurück.

Die verkorkste Dichterlesung

Der Dichter tritt an einen Tisch, auf dem einn Stoß Bücher liegt, nimmt Platz, ordnet die Bücher, nimmt einen Schluck Wasser, schlägt ein Buch auf, räuspert sich und beginnt.

DICHTER Guten Abend. Ich werde zunächst einige kürzere Texte aus meinem Bräderscheidt-Zyklus lesen.
Die Nacht.
Die Nacht wälzte sich über das Land, und wo sie auftauchte, hinterließ sie tiefste Finsternis. Sie wütete fast zwölf Stunden. Und erst gegen Morgen konnte eine unbarmherzige Sonne sie in die Flucht schlagen. Doch, ihr mögt mich steinigen, wenn ich die Unwahrheit sage. Kaum war der Tag vergangen, da rückte sie auch schon wieder an. Dreister und dunkler als je zuvor zwang sie Tausende und Abertausende in ihre Kissen.
Ein Eisbär erscheint. Er hält in der einen Tatze eine Schnapsflasche, in der anderen ein Schild mit der Aufschrift: Darauf einen Aquavit! POGGENDORFER der gute Klare aus dem hohen Norden! Der Dichter schaut irritiert auf und liest weiter.
»Da ist nichts zu machen«, meinten die einen. »Wir müssen handeln«, meinten die anderen und versammelten sich in der Wirtschaft zum Weißen Bären, um zu beraten.
Der Eisbär hat sich dicht hinter dem Dichter postiert. Es gibt Gelächter im Publikum. Der Dichter blickt auf.

Was soll denn das ? Soll das ein Witz sein? Ist hier jemand von den Veranstaltern im Saal anwesend? Herr Meyer-Trunksess?

MEYER-TRUNKSESS Ja, bitte, Herr Ferschel?

DICHTER Was soll das heißen. Ich dachte, dies hier ist meine Veranstaltung.

MEYER-TRUNKSESS Ja, sicher, ohne Frage.

DICHTER Ich verstehe das nicht ganz.

MEYER-TRUNKSESS Hat man Ihnen das nicht gesagt?

DICHTER Was?

MEYER-TRUNKSESS Das tut mir leid. Also. Wir hatten immer bei allen Dichterlesungen etwas Werbung laufen. Es hat bisher nie jemand Anstoß genommen. Vor allem sind wir bemüht, die Werbung dezent und stets, soweit es irgend geht, auf die jeweilige Lesung abzustimmen.

DICHTER Dezent? Abzustimmen?? Ich hör wohl nicht richtig. Schaffen Sie mir diesen Hokuspokus vom Hals. Ich bitte Sie darum.

EISBÄR Moment mal! Was hat er gesagt?

MEYER-TRUNKSESS Es tut mir leid, Herr Ferschel, aber ohne Werbung können wir nicht existieren. Man muß mit der Zeit gehen, Herr Ferschel.

Entschuldigen Sie, meine Damen und Herren, ich hoffe, daß wir dieses kleine Mißverständnis gleich aus der Welt haben.

DICHTER Da irren Sie, Herr Meyer-Trunksess. Das ist kein kleines Mißverständnis.

MEYER-TRUNKSESS Ich bitte Sie! Wir sind nun einmal auf die Werbeeinnahmen angewiesen. Ohne sie gäbe es keine Dichterlesungen oder ähnliches. Ich bin auch nicht begeistert davon, aber solange es nicht für die Bundeswehr ist, meine ich, sollte man doch Verständnis aufbringen, zumal –

DICHTER Es tut mir leid, aber wenn ich und meine Texte nicht ausreichen, dann –

EISBÄR Kann ich auch mal was sagen? *Er reißt sich den Eisbärenkopf herunter.* Kann ich auch mal was sagen?

DICHTER Um Gottes willen, nein! Ich bin dagegen.

EISBÄR Ich bin ein rein visueller Werbeträger, kann also Sie als audioellen, oder wie man sagt, überhaupt nicht tangieren.

DICHTER Hilfe, der Schwachsinn bricht aus!

MEYER-TRUNKSESS Aber, meine Herren – !

EISBÄR Haben Sie das gehört?

DICHTER Erstens bin ich kein Werbeträger –

EISBÄR Haben Sie das gehört?

DICHTER – und zweitens –

EISBÄR Kein Werbeträger? Was denn sonst. Sie wollen doch anschließend ihre Schwarte verhökern.

DICHTER Muß ich mir das gefallen lassen? *Der Eisbär deckt den Dichter mit seinem Schild ab und macht mit der Hand das Zeichen des Hohlschwätzers. Der Dichter schiebt Schild und Eisbär zur Seite.* Das muß ich mir nicht gefallen lassen.

MEYER-TRUNKSESS Meine Herren! So nehmen Sie doch Vernunft an. *Zum Publikum.* Es ist mir äußerst peinlich. Glauben Sie mir. *Der Eisbär haut dem Dichter sein Schild übern Kopf. Der Dichter bricht zusammen. Meyer-Trunksess eilt entsetzt dazu.* Um Gottes Willen. Was haben Sie getan? Er war der größte lebende – Ein Arzt! Ist denn ein Arzt anwesend?

EISBÄR Er ist zuerst tätlich geworden! *Zum Publikum.* Sie sind Zeuge. Er ist zuerst tätlich geworden.

MEYER-TRUNKSESS Ich sage Ihnen, was Sie gemacht haben, wird ein Nachspiel haben. Außerdem war es eindeutig werbeschädigend. Meine Damen und Herren, ich sehe mich außerstande, diesen Abend noch –

EISBÄR *haut Meyer-Trunksess mit seiner Aquavitflasche nieder* Typen wie dich habe ich schon lange gefressen. *Saallicht. Polizei stürmt herein. Der Eisbär setzt seinen Eisbärenkopf wieder auf und geht brav und unbehelligt an den Polizisten vorbei nach draußen.*

Ein Grober und ein Braver sitzen im Wirtshaus beim Bier.

GROBER Weißt du, was mich fertig macht? Daß alles, alles, alles, so jesusmäßig normal abläuft. *Er stellt sich sein Bierglas auf den Kopf.* Warum tragen wir unser Bier nicht auf dem Kopf? Warum singen wir keine zotigen Lieder? *Er singt.* Und ist der Schwanz geknickt, dann wird nicht mehr gefickt, dann saufen wir die Eier aus und werfen den Sack zum Fenster raus. Tirilum. Warum stecken wir unseren besten Freund nicht an?

BRAVER *stellt sich auch sein Bierglas auf den Kopf* Und ist der Schwanz geknickt, dann wird nicht mehr gefickt, dann saufen wir die Eier aus und werfen den Sack zum Fenster raus. Tirilum. *Das Bierglas fällt ihm vom Kopf.*

WIRT Raus! Schweinerei! Lokalverbot! *Der Brave zahlt und verläßt betreten das Wirtshaus.*

GROBER Noch ein Bier, bitte.

Der Missionar

Ein versoffener Alter torkelt durch eine leere nächtliche Straße und verkündet:

Laßt euch gesagt sein, Freunde. Wo Gott Hochhäuser bauen läßt, versieht er sie auch mit Sprechanlagen. So wandele ich denn also den dornigen Pfad des Gerechten und ziehe mit Gott durch die Trabantenstädte, den Menschen Mut zuzusprechen. *Er stemmt seinen Körper gegen die Klingelknopfpalette eines Hochhauses und grölt in die dazugehörige Sprechanlage.* Jesus liebt dich.

MORGEN BESTIMMT

Ein Mann öffnet eine Haustür und zückt ein Messer.

MANN Heute mach ichs! Heute –
Eine Frau ruft aus dem Inneren der Wohnung.
FRAU Schatz, bis du es? Komm doch rein!
Der Mann rammt sein Messer in den Fußabtreter.
MANN Heute mache ich sie kalt.
Die Frau ruft erneut aus dem Inneren der Wohnung.
FRAU Aber wenn du wieder den Fußabtreter traktierst, werde ich sehr, sehr böse.

Manfred Helmes

Manfred Helmes sitzt an seinem Tisch und trinkt sein Bier. Es klopft.

MANFRED HELMES Herein.

Der mit einer Sense bewaffnete Tod tritt ein. Manfreds Haare richten sich vor Entsetzen auf. Der Tod tritt immer näher. Manfred Helmes schaut wie gelähmt auf ihn. Der Told greift nach Manfred Helmes' Bierglas, trinkt es aus, und versucht mit kühnem Sensenschwung den Kopf von Manfred Helmes' Leib zu trennen. Manfred Helmes duckt sich zur rechten Zeit, so daß ihm der Tod nur sein zu Berge stehendes Haar abmäht.

MANFRED HELMES *erhebt sich* Mein Bier aussaufen, meine Haare abmähen – das macht man nicht mit einem Manfred Helmes. Da ist die Tür.

Der Tod geht und schließt die Tür hinter sich.

MANFRED HELMES Ist doch wahr.

ENDE GUT

HERR SCHMIDT

Herr Schmidt verfolgt im Kostüm eines Nackten seine Kleider, die wie ein kopfloser Mensch vor ihm Reißaus nehmen.

SEINE KLEIDER
Eines Tages kommt Herr Schmidt
nicht mit seiner Hose mit,
sie ist schneller im Büro
und sein Jackstück ebenso.
Dieser Fall verbreitet Schrecken,
um nicht Anstoß zu erwecken,
birgt Herr Schmidt mit seinen Händen
einen Großteil seiner Lenden.

HERR SCHMIDT
Plötzlich, es ist wie verhext,
spürt er, daß sein Großteil wächst.
O, wie betet, schwitzt, geniert sich
Schmidt, jedoch sein Großteil rührt sich,
rührt sich, daß es zuckt und bebt,
Schmidt aus allen Angeln hebt.

ZWEI FRAUEN *erscheinen im Hintergrund. Schmidt springt zwischen ihnen hindurch ins Dunkel.*
Zwischen zwei entsetzten Fraun
flieht er über einen Zaun,
gräbt sich wie ein wildes Schwein
in ein Baugelände ein,
gräbt sich tiefer in die Erd,
bis er nichts mehr sieht und hört.

FEUERWEHRMANN *erscheint von links.*
Feuerwehr

POLIZIST *erscheint von rechts.*
und Polizei

BEIDE schaufeln Schmidten wieder frei,
geben ihm ein ein Fragenblatt,
das er auszufüllen hat,
fahren Schmidt in sein Büro
Zimmer hundertsieben, wo
SEINE KLEIDER *nehmen an einem Schreibtisch Platz*
seine pflichtversessnen Kleider
Akten füllen und so weiter.
HERR SCHMIDT *taucht mit dem Kopf aus den Kleidern*
Glücklich schlüpft Herr Schmidt hinein,
um nicht mehr entblößt zu sein.
Und wie all die letzten Jahre
korrigiert er Formulare.
Selbst am Sonntag sitzt er starr
über einem Formular,
über jenem mit den Fragen
zu dem Vorfall vor drei Tagen.
Schmidt vertieft sich angestrengt
in sein Werk. Die Sonne sengt.
Bis ein satter Knall erklingt,
der Balkon in Stücke springt.
Schmidt verliert sein Gleichgewicht,
fliegt durchs Sommersonnenlicht,
mit ihm fliegt das Formular
und die Mörtelbrockenschar.
SIEBEN FÜCHSE *erscheinen*
Wie er fliegt, sieht er ein Bild,
das sein ganzes Herz erfüllt,
er sieht deutlich einen Haufen
Füchse über Berge laufen.
Fühlt sich Fuchs gleich unter Füchsen
über Bergeskuppen büxen
scheint ihm das vollkommne Glück,
also büxt Herr Schmidt ein Stück.

HERR SCHMIDT

O, wie schön, das zu erleben!
Und wie dumm, daß er erst eben
diese Glücksentdeckung machte,
jetzt, als der Balkon zerkrachte,
jetzt, so kurz vor seinem Ende,
jetzt, so kurz –

Der abgrundtief häßliche August kommt auf die Bühne und schaut sich alles an, was es da zu sehen gibt, den Vorhang, in den er sich schneuzt, den Spiegel, dem er einen Tritt verpaßt, und den Strick, in dessen Schlinge er seinen Kopf stecken will. Durch die Schlinge entdeckt er das Publikum und fällt auf den Hintern.

August Ein Pfeil hat mich erwischt! Ins Herz! Da bist du! Du! Ich hab von dir geträumt. Genau wie jetzt hast du in meinem Traum zu mir geschaut. O! Du bist schön! Ich grüße dich! Ich heiße August. Ich bin glücklich. Ich bin glücklich, weil du zu mir schaust so schön, so –
Er zieht sich an der Schlinge des Strickes hoch, schaukelt darin quer über die Bühne und genießt, daß ihm die Blicke des Publikums folgen.
Glücklich, weil du deinen Blick nicht von mir lassen kannst. Wo ich auch bin, es folgen deine Augen mir. Wie schön! Es tut mir gut. Es geht mir so wie dir. Auch ich kann meinen Blick nicht von dir lassen, kann es nicht. Das heißt, wenn ich mich fest zusammenreiße, kann ichs schon. Den Blick von deinen schönen Augen lassen.
Er versucht unter großen Mühen woanders hinzuschauen als zum Publikum. Endlich gelingt es ihm.
Siehst du? Ich kanns. Jedoch es fällt mir schwer. Unsagbar schwer. Ich tu das äußerst ungern. Tu das nur, um dir nicht völlig zu verfallen. Aber lange halt ich das nicht aus. Schon schau ich wieder zu dir hin. Und du schaust auch! Zu mir! Sag, liebst du mich? Ich weiß, die Antwort ist nicht leicht. Es könnt ein anderer sie

hörn. Die Scham. Der Kopf wird feuerrot. O, das versteh ich gut. Drum machen wir ein Zeichen aus. Geheim!

Er geht ganz dicht ans Publikum und flüstert.

Du schaust mich an, wenn du mich liebst. Wenn nicht, schaust du woanders hin.

Ja? Ja! O, bin ich aufgeregt. Ich schau jetzt weg und zähl bis sieben. Und bei sieben schau ich wieder zu dir hin. Und wenn du dann noch zu mir schaust, bin ich gewiß, daß du mich liebst. O, Gott im Himmel, steh mir bei. Ich fang jetzt an. Jetzt: Eins. Du hast kapiert? Bei sieben schau ich. Zwei, Gott, bin ich aufgeregt! Puh! Drei. Ob ichs verkraften kann? Wenn du bei sieben in die Gegend schaust und nicht zu mir? Ich sterbe! Vier. Ich bring mich um. Ich hänge mich an diesem Strick auf. Fünf. Doch laß dich davon nicht erpressen. Sechs. Bleib ehrlich, wenn es mich auch tötet. Sieben.

August schaut zum Publikum. Es schaut zu ihm. Er springt und tanzt vor Glück.

Huh! Du liebst mich! Huh! Jetzt sage ichs dir auch. Ich liebe dich. Wie schön du bist. Das macht die Liebe! Ja, die Liebe macht dich schön. Dich schön. Und mich? Macht mich die Liebe schön?

August nähert sich ängstlich dem Spiegel, schaut hinein und stößt ihn von sich.

Verfluchtes Glas! Sie macht mich interessanter, gut, und reifer, aber – sprich, was findest du an mir? Du schweigst? Du hast von meiner Liebe Ungestüm dich blenden lassen, stimmts? Sie hat dich mitgerissen, stimmts? Wie Schuppen fällt es dir jetzt von den Augen, stimmts? Der Kerl ist häßlich! Nicht zum Lieben, stimmts? Ich will es wissen! Gib ein zweites Zeichen mir. Wenn du bei sieben auf mich schaust, gestehst du

mir, daß es so ist wie ich befürchte. Ja? Du warst verblendet, folgtest einer Laune. Wenn du bei sieben auf mich schaust, gestehst dus mir. Ich schau jetzt weg und zähle: Eins, zwei, drei, vier, fünf, sechs, sieben.
August schaut zum Publikum. Es schaut zu ihm. Er stürzt sich in die Schlinge.
Ich wußte es. Du siehst mich an. Vernichtest mich.
August erhängt sich. Augen und Zunge quellen ihm aus seinem häßlichen Gesicht. Unter ihm liegt der Spiegel.
Der Spiegel spiegelt mich. Er zeigt mir, nicht die Liebe macht mich schön. Es ist der Tod. Er macht mich schön. Der Tod.

Der Altersschwachsinn

Greise sitzen an einem Tisch beim Bier und schweigen. Plötzlich erhebt sich einer und stemmt sein Bier hoch.

GREIS Der Altersschwachsinn! Er lebe hoch!
ALLE GREISE *erheben sich und stemmen ihr Bier hoch* Hoch! Hoch! Hoch! *Sie trinken ihr Glas leer, fallen tot um oder setzen sich, lassen sich nachschenken, schweigen, bis sich wieder einer erhebt und das Ritual wiederholt. Am Ende bleibt nur noch einer, der bei dem Versuch, sein Bier hochzustemmen, tot umfällt.*

MEIN STÜCK

Im Theater. Der Vorhang öffnet sich. Ein Mann liegt auf dem Bauch, schlafend, das Gesicht gegen den Bühnenboden gedrückt. Ein Scheinwerfer zieht große Kreise um ihn, die mit der Zeit kleiner werden. Er spricht, obwohl er schläft. Über dem Publikum hängen drei Hasen.

Noch ist es Nacht. Noch schlafen sie. Allein der Zeitungsträger drückt die Zeitung in das Rohr aus Blech. Ich lauf in flatterndem Jackett hinaus ins Dunkel, um das Rohr zu leeren und breite meine Zeitung auf dem Bette aus. Da ist das beste Licht. Ich kniee am Bett mich nieder, lese dort von einem Stück, das heut' zum letztenmal in Frankfurt in den Kammerspielen spielen soll. Ich, heißt es dort, ich sei der Held des Stückes. Ich. Mein Name steht geschrieben in der Zeitung und die Beschreibung trifft auf mich und auf mein Leben zu bis ins Detail. Ich springe auf. Ich stecke die Zeitung tief in mein Jackett und laufe übers Feld hinaus durch Morgendämmer hin zur Haltestelle, den ersten Bus nach Frankfurt zu erreichen. Drei Hasen sind mir auf den Fersen. Ich kann nicht glauben, daß sie mich verfolgen, sehe ihr seltsames Gebahren als einen Frühen-Morgen-Koller an, als Liebesspiel, als Werben zweier vor Liebe blinder Rammler, die um eine ebenso vor Liebe blinde Zippe sich bemühen. Doch wie ich einen Schlenker laufe, machen die drei Hasen diesen Schlenker mit, und mir wird klar, sie sind mir auf den Fersen. Nicht daß sie mich in Angst und Schrecken setzen, nein, das nicht, doch ihr Gerappel unter meinen Füßen, wenn ich mit böser Wut nach ihnen trete,

fällt mir lästig. Es ist als würden alle drei von einem Organismus angetrieben, so penetrant exakt sind ihre Sprünge, ihre Haken aufeinander abgestimmt. Der Bus steht hinterm Jägerzaun, die Motorhaube aufgerissen, und sein Fahrer uriniert am Telegrafenmast. ich bin der erste Fahrgast, springe, die Hasen abzuschütteln, übern Zaun. Die Hasen setzen mir in hohem langgestreckten Bogen nach, an mir vorbei ins offene Busmotorgehäuse. Und hinter ihnen schlägt die Motorhaube krachend zu. Der Fahrer schüttelt sich in aller Ruhe aus. Er wendet seinen Kopf und ruft mir etwas zu, was ich beim besten Willen nicht verstehe, obwohl die Worte in der Morgenstille klar und deutlich prangen. Die Sonne hebt sich glühend übern Acker. Der Fahrer kommt. Er schwingt sich hinters Steuer und öffnet zischend mir sein silbernes Gefährt und startet schon, eh ich in eins der harten Polster falle. Die Hasen rappeln wild, die Sonne steigt. Der Bus füllt sich mit grauen Leuten. Mir gegenüber sitzt ein dürres Mädchen, das blickt so dicht an mir vorbei, daß mich nichts andres mehr bewegt, daß ich beinah die Haltestelle am Theaterplatz verpasse. Ich steh im Regen und durchs Fenster sieht das dürre Mädchen weiter dicht an mir vorbei, daß es mich schwindelt. Die drei Hasen rappeln. Doch der Bus kommt nicht vom Fleck.
Sie rappeln, kratzen, scharren, weil ich ihnen jetzt entkommen kann. Schnell, schnell, bevor dem Bus die Motorhaube aufgerissen wird, und sie mich wieder kriegen können, schnell noch um die Ecke, hin zur Kasse! Dort erhalte ich die letzte Karte für mein Stück. »Es ist die letzte Karte«, sagt die Dame an der Kasse, lacht mich an und dreht den Schlüssel in dem grünen Kassenkasten um. Ich ziehe aus dem Jackett die Zeitung vor und zeig ihr, was ich heute morgen las. Sie

schiebt das Panzerglas zur Seite, beide lesen wir, und ihre Haare kitzeln meine Schläfen. »Sehen Sie, hier ist mein Ausweis, sehen Sie, ich bin es, ja, ich bin der Held des Stückes. Alles stimmt. Was ist das für ein ominöses Stück?« Sie lacht. »Ich hab es nicht gesehen. Bin erst seit sieben Tagen an der Kasse, aber Sie, Sie müssen es doch kennen, Sie, mein Herr, sind doch der Held des Stückes!« Ach, sie lacht so schön. Ich frage, ob sie mich begleiten will in dieses ominöse Stück. »Mir ist ein wenig bang vor diesem Abend«, sage ich, »es wäre schön, wenn ich nicht ganz alleine wäre.« »Ja? Ist das Ihr Ernst?« fragt sie zurück, »Sie wollen mich –, ach nein, wie schade! Die letzte Karte hab ich doch an sie verkauft.« »Ach, ja«, sag ich, »ach, ja, das hab ich nicht bedacht.« Sie schiebt das Panzerglas zurück und läßt zu hastig, wie ich finde, ein Rollo hinab. Ich fahre heim und lege die Karte auf mein Fensterbrett und laufe in meiner Kammer auf und ab vom Bett zum Fenster hin und her. Es ist, als hätt ich eine Eintrittskarte für mein Leben, das ich heut abend neu erfahren soll, erworben. Dann setz ich mich aufs Bett und schließe meine Augen und sehe noch einmal das dürre Mädchen und auch die Dame an der Kasse vom Theater, wie sie versuchen, doch noch eine Karte für mein Stück heut abend zu erstehen. Eine Säge kreischt. Wie ich die Augen öffne, schwankt mein Haus. Dann sehe ich, daß nur der Wind das Laub der Linde vor dem Fenster hin- und herbewegt. Es klopft. Ich springe auf. Seit Jahren hat es nicht an meine Tür geklopft. Ich öffne. Und auf der Sisalmatte steht mein Nachbar, Helmut Irrwang, fett und groß, den ich nicht leiden kann, in seiner grau und braun gestrickten Weste. Er hält an seine Brust gedrückt ein Ding in Packpapier gewickelt und sagt: »Ich habe was für Sie.«

Ich laß ihn ein, schon setzt er sich auf meinen Stuhl und wickelt ein braunes Fläschchen aus und faselt was von einem höheren Auftrag, nach dem er diesen Tropfen mit seinem Nachbarn teilen soll. Wir trinken dieses schwere, bittersüße Zeug, und ich erzähle ihm von meinem Stück heut abend in den Kammerspielen. Über meine Eintrittskarte sitzen wir gebeugt wie zwei Piraten über einem Plan, der zum vergrabnen Goldschatz führen soll, und ich erkenne messerscharf die Botschaft und hüte mich, sie zu verraten. Das erbost Herrn Irrwang. Beide springen wir wie auf ein Zeichen auf und ringen miteinander. Sein Leib ist schwer und fett und schwitzt. Ich kann ihn nirgends packen. Irrwang wälzt sich über mich und keucht: »Verrate mir die Botschaft, Nachbar!« Eh ich spreche, schwinden meine Sinne und ich tauche ein in ewig schwarze Nacht, aus der ein kaltes Leuchten mir entgegenschwebt.

Der Scheinwerfer, der immer engere Kreise um den schlafenden Mann gezogen hat, kommt auf seinen Kopf gerichtet zur Ruhe. Der Mann erwacht, zieht seine Linke zu seinem Gesicht hoch, blickt auf seine Armbanduhr, dann auf den Bühnenboden.

Was ist das alles? Meine Glieder schmerzen. Schon halb Neun! Mein Abend! Mein Theaterstück! Ich Tor! Verschlafen! Ach, mein neues Leben. Zerronnen, schon zerronnen. O, ich Narr. Holz. Holz vorm Kopfe. Endet so der Tag, der so verheißungsvoll begann?

Der Mann klopft gegen den Bühnenboden.

Es klingt so hohl, es sind die Bretter meines Sarges.

Der Mann nimmt ein wenig mehr Abstand zum Bühnenboden und schlägt seine Arme zur Seite.

Nein, nur die Dielen meiner Kammer. Nur die Dielen.

Der Mann schaut sich etwas um.

Mein Bett ist fort. Mein Nachbar hat es mir genommen. Irrwang, du Schurke! Dein verfluchter Trank!
Der Mann setzt sich auf und erkennt mit Erschrecken die Bühne und das Publikum.
Gott steh mir bei. Es sind die Bretter – die Bretter, die die Welt bedeuten. Vom Kammerspiel. Und alle sind sie da. Und starren. Die grauen Leute aus dem Bus, der Fahrer und das dürre Mädchen – o, es sieht so dicht an mir vorbei, daß ich es nicht – und auch die Dame an der Kasse hat noch einen Platz bekommen. Neben ihr auf meinem Platze, Nummer Dreiundzwanzig, Reihe sieben, sitzt mein fetter, widerlicher Nachbar Irrwang. Ja, jetzt sieht er sich entdeckt, er kann die Peinlichkeit nicht mehr ertragen, zwängt sich durch die Reihe sieben raus, ich halte nicht mehr an mich, schrei ihm wie von Sinnen hinterher: »Sie Scheusal! Irrwang! Sie! Ich habe Sie erkannt! Sie stecken hinter allem, was mir hier geschehen ist, Sie wollen mich verderben!«
Irrwang flieht in seiner braun und grau gestrickten Weste aus dem Theater. Der Mann springt auf die Beine und versucht wie eine frischgefangene Ratte in ihrem Käfig ein Schlupfloch an den hinteren Wänden der Bühne zu finden. Er findet keins.
Irrwang flieht und ich bin hier gefangen, alle Gassen sind verschlossen. Mutter, hilf! Die Gassen für den Auftritt und den Abgang. Sie sind fort. Es muß doch einen Ausweg geben! Das ist mein Theater nicht, das ist euers! Amüsiert euch, weidet euch an meiner Qual in meinem Käfig, dessen Gitterstäbe Augen sind.
Er entdeckt seinen leeren Platz in der 7. Reihe und flieht von der Bühne dorthin.
Ein Loch im Augengitter! Meine Rettung. Dort ist mein Platz, dort wird sich alles wenden. Ich laufe von der hellen Bühne und tauche ein ins dunkle Publikum

und nehme Platz und atme wieder freier, obwohl der Sessel warm noch ist von meinem Feind. Die Bühne liegt von mir verlassen da. Ein schwarzes Loch von wenig Licht beschienen. Da ist kein Leben. Darum blicken viele Augen weiterhin auf mich. Ich will es nicht ertragen, rutsch von meinem Sessel tiefer, diesen Blicken zu entgehen, tiefer in die dunkle Reihe tiefer.
Ein Scheinwerfer scheint auf den in die Reihe geduckten Mann.
Doch, o Qual, es bleibt nicht lange dunkel. Ah! Es scheint ein Licht auf mich und voller Schrecken öffne ich die Augen, sehe – fühle – Licht, das meinen Körper, meinen Geist, umschmeichelt, meine Seele wunderbar verzaubert. *Der Mann erhebt sich im Scheinwerferlicht, das ihn auf die Bühne zurückbegleitet.*
Lichter Engel, du führst mich, zeigst mir meinen Weg. Ja. Jetzt erkenn ich. Ja, jetzt sehe ich genau, ich sehe alles, alles. Ja. Das ist mein Stück. Jetzt seh ich es. Es ist mein –
Das Licht führt den Mann an den Rand der Bühne, wo er mit einem furchtbaren, langanhaltenden Schrei in die Versenkung stürzt.

Die letzten Ringe

Vor einer Milchglasscheibe liegen auf einem Samtkissen zwei Ringe. Hinter der Milchglasscheibe erscheint das geheimnisvolle Gesicht eines Mannes. Eine Frau tritt auf. Das Gesicht zieht sich zurück und wird zu einem verschwommenen Schatten. Die Frau schaut sich die Ringe an. Sie greift zu dem kleineren.

MANN *schüttelt den Kopf und klopft gegen die Milchglasscheibe* Der große Ring ist für die Braut, der kleine für den Bräutigam.

FRAU *erschrickt* O, guten Tag. Entschuldigen Sie. Ich hatte Sie nicht gesehen.

MANN Guten Tag.

FRAU Ist das alles, was Sie anzubieten haben?

MANN Ja. Es sind die letzten Ringe. Sie sind schön.

FRAU Ja, sie sind schön. *Sie versucht den kleineren Ring überzustreifen.* Jedoch – er paßt mir nicht. Er ist zu klein.

MANN Der große Ring ist für die Braut, der kleine für den Bräutigam.

FRAU Wiebitte?

MANN Die Ringe sind für Brautleute gemacht.

FRAU *steckt sich den größeren Ring an den Finger.* Für Brautleute? Da kommt er für mich nicht in Frage, obwohl – er paßt wie angegossen.

MANN Wie angegossen. Wie schön.

FRAU Ja, er ist sehr schön. Wie schade, daß ich keine Braut bin. *Sie versucht den Ring abzustreifen.* Nanu? Der Ring. Er sitzt fest. Ich bekomme ihn nicht mehr herunter.

MANN Dann werden Sie ihn nehmen müssen.

FRAU Was soll das heißen? Nehmen müssen. Ich habe kein Geld.

MANN Ich will kein Geld.

FRAU Ich bin auch keine Braut.

MANN Das kann nicht sein.

FRAU Ich habe auch keinen Bräutigam.

MANN Das kann nicht sein. Ich bin doch Ihr Bräutigam.

FRAU W e r sind sie? *Sie nimmt den kleinen Ring und läuft hinter die Milchglasscheibe.*

MANN Ihr Bräutigam.

FRAU *steckt dem Mann den Ring an den Finger* Er paßt wie angegossen. Welch dürrer harter Finger. *Sie umarmen sich hinter der Milchglasscheibe.*

Spätes Glück

Ein Toter liegt in seinem Grab.

TOTER Ich liege in meinem Grab und weine vor Glück und sauge den Duft der feuchten Erde ein und sehe den Mädchen nach in ihren dunklen Pluderhosen und glaube eine gut zu kennen aus meiner Zeit in Mölln. Sie wohnte in der Bismarckstraße und hatte damals lange blonde Haare, und einmal haben wir im dunklen Hausflur rumgeknutscht, weil sie mich offenbar für Manfred Holthoff hielt.

Tod endlich besiegt

Ein würdiger älterer Herr und eine junge Dame im Dirndl. Er hält ein Samtkästchen, sie drei Blumensträuße in Händen. Fanfaren schmettern. Ein deutscher Sportler läuft ein und erklettert das Treppchen, den ersten Platz auf dem Siegerpodest. Der Würdige entnimmt seinem Kästchen die Goldmedaille. Der Sportler beugt sich tief herab. Der Würdige hängt ihm die Medaille um und schüttelt dem Sportler die Hand. Die deutsche Fahne steigt am Mast hoch. Die Nationalhymne erklingt. Die junge Dame küßt den Sportler und überreicht ihm einen Blumenstrauß. Das gleiche Ritual wiederholt sich mit einem amerikanischen Sportler, der amerikanischen Fahne und der amerikanischen Hymne. Er erklettert das Silbermedaillenpodest und bekommt die Silbermedaille. Er schüttelt dem deutschen Sportler die Hand. Als letztes kommt der Tod. Seine Fahne ist weiß, seine Hymne der Eiswind, der durch die Grabkreuze pfeift. Er bekommt Bronze.

AM FLUSS

Ein Mann steckt bis zur Hüfte im Uferschlamm. Er schläft. Die Sonne brennt auf ihn nieder. Der Mann erwacht.

MANN Ich erwache von einem leisen Knall. Die Sonne steht schon hoch am Himmel. Meine Beine stecken im Uferschlamm. Sie müssen dort Wurzeln geschlagen haben. Ich kann sie unmöglich bewegen. Den Fluß hinunter treiben Flöße mit steppenden Leichtmatrosen. Heh, heh! Eine Frage nur! Heißt es nicht gegen das Leben streben, wenn wir es auch noch mit Sinn erfüllen wollen?!
Sie legen ihre Hände an die Münder, um mir ihre Antworten zuzurufen. Aber die Strömung ist in der Mitte zu schnell. Schon sind sie vorbei. Ich höre sie nicht mehr. Nichts zu machen. Steckte ein Nachbar vierhundert Meter weiter stromabwärts im Uferschlamm, könnte er ihre Antworten hören. Er würde sie nicht begreifen, weil er meine Frage nicht kennt. Da ist nichts zu machen.
Eine Frau schwimmt vorbei. Kenne ich sie nicht? Ist es nicht Gisela Wernicke? Natürlich. Sie ist es. Sie treibt ein Faß vor sich her. Ein Faß mit der Asche der Toten. Sie bringt sie den Fluß hinunter in ihre Heimat zurück.
Grüß dich, Gisela! Wie schön, dich zu sehen!
Gisela ist eine hervorragende Schwimmerin. Sie stemmt sich gegen den Strom, so daß mir ihre Antwort nicht entgeht.
Grüß dich, Friedrich, ruft sie, was suchst du denn da im Uferschlamm?
Was ich hier suche?! Eine gute Frage!

In diesem Augenblick fällt es mir wieder ein. Ich überschreie das Rauschen des Flusses.
Irgendwann kam ein Orgelstimmer ins Dorf. Ich sollte ihm beim Orgelstimmen helfen, die Tasten drücken, damit er hören konnte, welche Pfeifen zu reinigen waren. In der Mittagspause lagen wir vor der Kirche auf dem Friedhof in der Sonne. Der Orgelstimmer hatte seine Hand auf mein Knie gelegt. Mir war das unangenehm. Er ließ seine Hand höher wandern. Ich schob mich rücklings auf dem Friedhofsrasen fort von dieser Hand. Die gab nicht auf. Bald robbten wir beide auf dem Rücken durch die Gräber. Der Orgelstimmer in der Absicht, mit seiner Hand an meinen Oberschenkel hochzufahren, ich, um das zu verhindern. Das ging so bis zur Friedhofsmauer. Dort wollte schon die unverschämte Hand in meinem Lederhosenbein verschwinden, als ich mich auf die Friedhofsmauer hochdrückte, um mich vor ihr zu retten. Die Hand gab nicht auf, bis ich von der Mauer herab in den Uferschlamm stürzte.
Mein Faß, ruft Gisela, verzeih mir, Friedrich. Ich kann es nicht mehr sehen. Ich muß ihm nach. Ein ander Mal.
Mit kraftvollen Stößen jagt Gisela ihrem Faß hinterher. Wie soll sie es wiederfinden in diesem gewaltigen Strom. Fluch über meine Geschichten! Fluch über alle Orgelstimmer dieser Welt!
Da kommen wieder welche. Steppend auf ihren Flößen. Und ich bin auch dabei. Wie schön. Wie kraftvoll die Strömung. Lebewohl. Lebewohl.

Armer Yorik

Das Innere eines Raumschiffes mit fünf Tiefschlafkammern. Leises monotones Rauschen. Warnsignale. Yorik erwacht. Er steigt aus einer der Tiefschlafkammern und spricht den Bordkomputer an.

Yorik Til. Go.
Til Hier Bordkomputer Til. Ich höre.
Yorik Was ist los, Til?
Til Der Energievorrat ist zusammengebrochen.
Yorik Was schlägst du vor, Til?
Til Die Erde kontakten, Yorik.
Yorik *drückt einen Knopf seines Kommunikationskubus.* Kontakt Erde. Go. *Der Kontakter antwortet mit einem leise pfeifenden Geräusch. Yorik erschrickt.* Stop. Ich wiederhole den Vorgang.
Til O. k., Yorik.
Yorik Kontakt Erde. Go. *Der Kontakter antwortet wieder nur mit einem leise pfeifenden Geräusch.* Stop. Es gibt keinen Kontakt zur Erde.
Til Alle im Einsatz befindlichen Raumkreuzer kontakten, Yorik. *Pause.* Die Zeit verrinnt, Yorik.
Yorik O.k., Til.
Yorik *drückt einen Knopf seines Kommunikationskubus Kontakt* RK 19. Go. *Der Kontakter antwortet mit den Namen der Besatzung von RK 19. Es folgt die von ihr gesungene Hymne.*
Wir sind von der Erde aus Erde gemacht.
Wir werden zur Erde vergehen,
damit aus der Erde mit neuer Macht
leuchtende Tage aus finsterer Nacht entstehen.
Yorik Stop. Alle sieben?

TIL Alle sieben.

YORIK *drückt einen Knopf seines Kommunikationskubus.* Kontakt RK 20. Go. *Der Kontakter antwortet mit den Namen der Besatzung von RK 20. Es folgt die von ihr gesungene Hymne. Yorik hört nur kurz hinein. Drückt erneut einen Knopf seines Kommunikationskubus.* Kontakt RK 21. Go. *Der Kontakter antwortet mit den Namen der Besatzung von RK 21. Es folgt die von ihr gesungene Hymne. Yorik hört nur kurz hinein, drückt erneut einen Knopf seines Kommunikationskubus.* Kontakt RK 22. Go. *Der Kontakter antwortet mit den Namen der Besatzung von RK 22. Es folgt die von ihr gesungene Hymne. Yorik hört nur kurz hinein, drückt erneut einen Knopf seines Kommunikationskubus.* Kontakt RK 23. Go. *Der Kontakter antwortet mit den Namen der Besatzung von RK 23. Es folgt die von ihr gesungene Hymne. Yorik hört nur kurz hinein, drückt erneut einen Knopf seines Kommunikationskubus.* Kontakt RK 24. Go. *Der Kontakter antwortet mit den Namen der Besatzung von RK 24. Es folgt die von ihr gesungene Hymne. Yorik hört nur kurz hinein, drückt erneut einen Knopf seines Kommunikationskubus.* Kontakt RK 25. Go. *Der Kontakter antwortet mit den Namen der Besatzung von RK 25. Es folgt die von ihr gesungene Hymne. Yorik fällt mit ein.*

Wir sind von der Erde aus Erde gemacht.
Wir werden zu Erde vergehen,
damit aus der Erde mit neuer Macht
leuchtende Tage aus finsterer Nacht entstehen.

Alle haben sie die Hymne schon gesungen. Die Kreuzer fahren Leichen durch die Sterne – wir sind die letzten Menschen. Ich – ich bin der letzte Mensch, der letzte, der –

TIL Entschuldige, Yorik. Es ist keine Zeit für philosophische Betrachtungen. Wir müssen das Notprogramm durchführen.

YORIK O.k., Til.

TIL Notprogramm Punkt 1: Medienkubus programmieren.

YORIK *entnimmt der Rückwand einen milchig schimmernden Kubus, plaziert ihn auf eine 1,20 m hohe Säule und drückt einen Knopf auf seinem Kommunikationskubus.* Identifizierung. *Der Kubus antwortet mit Signaltönen.* Positionierung. *der Kubus antwortet mit Signaltönen.* Terminierung. *Der Kubus antwortet mit Signaltönen.* Programmierung. *der Kubus antwortet mit Signaltönen.*

TIL Programmierung ist erfolgt. Notprogramm Punkt zwei: Wecken der Mannschaft. *Yorik drückt kurz hintereinander viermal auf einen Knopf an seinem Armband. Jedesmal leuchtet eine Tiefschlafkammer auf und gibt Warnsignale.* Konzentriere dich, Yorik. Oder willst du deine Kameraden töten?

YORIK wieviel Energie haben wir noch, Til?

TIL Knapp vier Minuten.

YORIK Und die Aufwachphase dauert zwei Minuten, ist das richtig?

TIL Das ist richtig, Yorik.

YORIK Die Hymne singen und sterben.

TIL Damit wäre das Notprogramm erfüllt.

YORIK Und wenn ich sie nicht wecke, wie lang reicht dann der Energievorrat für mich?

TIL Darauf muß ich dir die Antwort verweigern, Yorik.

YORIK Dann werde ich auf deine Antwort pfeifen. *Er drückt viermal einen Knopf seines Kommunikationskubus und bringt mit jedem Knopfdruck, der mit einem unangenehmen Geräusch verbunden ist, eine Tiefschlafkammer zum verlöschen und die Warnsignale zum schweigen.*

TIL Mörder!

YORIK Sei still, oder ich schalte dich auch ab.

TIL Ich hätte nicht gedacht, daß du ein Mörder –

YORIK Til Stop. *Er schaltet Til ab und macht sich vor einem Spiegel zurecht.* Der letzte Mensch. Der letzte Mensch. Der letzte Mensch. *Yorik schaltet Til wieder an.* Til Go.

TIL Hier Bordkomputer Til. Ich höre.

YORIK Hör zu, Til. Sie sind alle tot. Ich bin der letzte Mensch. Wir sind niemandem mehr verpflichtet außer außerirdischer Intelligenz. Sie hat Anspruch darauf, über die Menschen mehr zu erfahren als eine Hymne, hörst du?!

TIL Was willst du von mir, Yorik?

YORIK Wie groß ist der Energievorrat?

TIL Sechsundzwanzig Minuten.

YORIK Sag mir alle fünf Minuten den Energiestand durch.

TIL O. k., Yorik.

YORIK Sonst nichts. Nur alle fünf Minuten –.

TIL O. k., Yorik.

YORIK *drückt einen Knopf seines Kommunikationskubus.* Go. *Der Kubus wirft ein Lichtstrahlenbündel auf Yorik.* Intelligenzen im Univers! Hier spricht Christopher Yorik, letzter Mensch. Ich habe es für euch gemacht! Für euch! Ihr habt die Erdenhymne siebenmal gehört. Das reicht euch doch! Ihr wollt doch mehr und anderes Wissen vom Menschen. Nichtwahr? Das wollt ihr doch. Darum hab ich sie umgebracht. Damit ich euch berichten kann vom Menschen. Ihr Tod verlängert mir mein Leben.

Um sechsundzwanzig Minuten. Ich will sie nutzen. Hört! So sieht er aus. Der Mensch. Er wackelt auf zwei Beinen, um sich emporzuheben über alle andern Tiere. Seine Knochen taugen nicht dafür. Doch hinter dem Gespreize steckt mörderischer Geltungstrieb, dem er am Ende selbst zum Opfer fiel mit seiner Erde. Aber glaubt mir, seine Werke waren groß und schön! Er schuf so viel! Die Odyssee, die Goldberg-Variationen, Pu, der Bär, die Mona Lisa, ihr rätselhaftes Lächeln. *Yorik versucht ihr Lächeln nachzumachen.* Ein Mensch hat Farbe so verteilt auf eine Leinwand, daß eine wunderbare Frau –. Wie soll ich es beschreiben? Leinwand, Farbe, eine Frau. Ich bin ihr Gegenstück, ein Mann, das andere Geschlecht, ein wenig kantiger und strenger, nicht so schön, so lieblich, rundlich, zart. Er konnte zu den Sternen fliegen und wunderbare – Er konnte lieben. Er besang die Schönheit. Ich habe kein Talent zu singen. Stellt euch eine schöne Stimme vor, wie schön das klänge. *Yorik singt.*
Der Mond ist aufgegangen.
Die goldnen Sternlein prangen
am Himmel hell und klar.
Der Wald steht schwarz und schweiget.
Und aus den Wiesen steiget
der weiße Nebel wunderbar.
Nun legt euch denn, ihr Brüder –

TIL Der Energievorrat beträgt noch einundzwanzig Minuten.

Yorik schweigt verzweifelt, läßt dann per Knopfdruck einen Song von Tom Waits erklingen, singt am Ende mit.

Waits Innocent Go.
The bats are in the belfry, the due is on the moor.

Where are the arms that held me and plegded her love before. And pledged her love before.
Its such a sad old feeling, the fields are soft and green,
its Memories, that Im stealing but youre innocent, when you dream, when you dream. Youre innocent, when you dream.
We're running through the grave yard,
we laughed my friends and I,
we swore to be together
until the day we die.
It's such a sad old feeling – usw.
Yorik schaltet den Song ab. Stop. Verzeiht, ich bin nicht ganz bei Sinnen. Gesang habt ihr genug. Es ist –. Ich kann es nicht. Zu viel – wie soll ich –? *Yorik schweigt verzweifelt.* Einstein, Mozart, Bach, Rembrandt, Goya, Vermeer, Kafka, Wellnitz, Tschechow, Shakespeare. *Yorik schweigt verzweifelt.* Shakespeare. Shakespeare was born in April fifteenhundredandsixtyfour in the little town of Stratford. His father John Shakespeare was a trader in farmproduces. A Quadrat plus b Quadrat gleich c Quadrat. Last mal Lastarm gleich Kraft mal Kraftarm. Einfallswinkel gleich Ausfallwinkel. Aurea prima sata est aetas quae vindice nullo sponte sua sine lege fidem rectumque collebat. Wer brauchen nicht mit zu gebraucht, braucht brauchen nicht zu brauchen. Unter, über, vor und zwischen regieren den Wem-Fall Vor grauen Jahren lebt ein Mann im Osten.

TIL Der Energievorrat beträgt noch sechzehn Minuten.

YORIK Vor grauen Jahren lebt ein Mann im Osten, der einen Ring von unschätzbarem Wert aus lieber

Hand besaß. Der Stein war ein Opal, der tausend schöne Farben spielte, und hatte die geheime Kraft, vor Gott und Menschen angenehm zu machen, wer in dieser Zuversicht ihn trug. Fis cis gis dis ais eis his heißt der Quintenzirkel der Kreuztonarten. Der Rhein, Komma, der größte Fluß Deutschlands, Komma, entspringt auf dem St. Gotthart. Iller, Lech und Isar, Inn fließen in die Donau rin. Altmühl, Nab und Regen fließen ihr entgegen. Kiwit, kiwit, rief der Kiebitz und flog über das Waldmoor dahin. Meine Mutter ist eine geborene Schwirtz. Mein Großvater ist zweitausendzwölf an einer Lungenembolie gestorben. Der letzte Präisdent von Eurasien heißt Zlatko Turner. Der Weltrekord über fünfzehnhundert Meter beträgt drei Minuten und zwei Komma sieben Sekunden. Über allen Gipfeln ist Ruh, über allen Wipfeln spürest du kaum einen Hauch. Die Vögelein schweigen im Walde. Warte nur, balde ruhest du auch. *Yorik schweigt verzweifelt.* Wer den Pfennig nicht ehrt, ist des Talers nicht wert. Gestern ist einer auf mich zugerannt, und wenn ich nicht zur Seite gesprungen wäre! – der Name tut nichts zur Sache. Grobe Säcke näht man nicht mit Seide. Ich sage Ihnen ganz –

TIL Der Energievorrat beträgt noch elf Minuten.

YORIK Noch elf Minuten. Das ist eine gute Zeit. Da richte ich mir mein Lager. Vom Menschenleben zu berichten ist –. Ich schaff es nicht, Da zeig ich euch, wie einer stirbt. *Yorik richtet sich sein Totenbett.* Til?

TIL Ja, Yorik?

YORIK Wie ist dir zumute, Til?

TIL Ich bin sehr traurig, Yorik.

YORIK Dann bist du mehr als ich. Ich bin nicht traurig.

TIL Was bist du denn, Yorik?

YORIK Ich bin nichts.

TIL Mir ist, als sei alles ein böser Spuk. Mir ist –

YORIK Ich will nichts hören. Ist gut, Til.

TIL Armer Yorik.

YORIK Mach deine Ansagen und sonst nichts.

TIL Ist in Ordnung, Yorik.

YORIK *singt unter Tränen die Hymne* Intelligenzen im Univers. Intelli genzeni munivers. Pimperli schwänzeli dummipfertz. Was ist der Unterschied zwischen einem Tanzsaal und einem Schlachthaus? Die Intelligenzen schweigen. Im Tanzsaal schweben die Beine, und im Schlachthaus beben die Schweine. Ein Pfarrer klopft an ein Bauernhaus. Ich bin vom Wege abgekommen. Kann ich die Nacht bei Ihnen –?

TIL Der Energievorrat beträgt noch sechs Minuten.

YORIK Gut, ich lege mich. Gute Nacht. *Plötzlich ist ihm, als sei er wieder ein Kind, das vor dem Einschlafen seinen jüngeren Geschwistern eine Geschichte erzählt.* Heute war ich im Schweinestall. Die Sau hatte elf Ferkel. Eine ganze Fußballmannschaft. Eins hatte einen birnenförmigen Fleck auf dem Rücken. Wie eine Neun. Der Mittelstürmer. Auf einmal sah ich, was die Sau machte und schrie: »Die Sau frißt ihre Ferkel!« Niemand hörte mich. »Die Sau darf mein Lieblingsferkel nicht fressen!« Frau Dobke steckte ihren Kopf durchs Schweinestallfenster. »Klaus dir doch«, sagte Frau Dobke. Ich griff in die quiekende Ferkelschar und zog mir die Nummer Neun heraus und lief mit ihr hinter die Scheune und über die Wiesen zum Wald. Es waren große Ferien. Wir badeten in der Steinau, schliefen im Schilfgras und versteckten uns in einem Bunker im Wald. Der Bauer durfte nichts erfahren. Ich machte meinem Ferkel in einer Kiste ein Lager aus Heu, wälzte drei Steine auf die Klappe zum Bunkereingang und lief in der Dämmerung über die Wiesen nach Hause. Nach kurzer Zeit sprang es mir wieder vor die Füße, wälzte sich im Gras und quiekte vor Vergnügen. Der Bauer durfte nichts erfahren. Ich sperrte Klaus im Holzschuppen ein. Ich nannte meinen neuen Freund zu Ehren von Frau Dobke Klaus. Klaus Dirdoch. Es war unmöglich, einzuschlafen nach so einem Tag. Der Mond schien und malte ein Fenster auf meine weiße Kammertür. Da sah ich die Türklinke sich bewegen und die Tür sich langsam öffnen. Klaus hielt eine Drahtschlinge im Maul. Er schob sie hinter mein Bett und kletterte zu mir hinauf in die Kissen. Mit meiner Nase malte ich die dunkle Neun auf seinem weißblonden Rücken nach und schlief ein bis weit in den Sonntag hinein. Mutti weckte mich. »Aufstehen! Es ist Zeit für die Kirche!« Ich wollte nicht. Da sah ich im offenen Fenster Klaus auf der Kirchhofsmauer turnen. Mir war als blinzelte er mir zu. Dann sprang er zur anderen Seite auf den Friedhof, fegte über die Gräber weg, erstarrte plötzlich auf einem weißen Grabsteinsockel und sah nun wie ein kleiner bleicher Engel aus. Der Pfarrer trat durchs Friedhofstor. Er hielt die Hände vor der Brust und wandelte wie im Gebet vorbei an meinem Engel. Der sprang ihm unter den Talar, ich aus dem Bett. »Zur Kirche, ja, zur Kirche!« Sie war kurz nach dem Krieg gerammelt voll. Ich setzte mich ganz außen in die letzte Bank. Mein Nachbar war ein Greis. Er merkte nichts von der weißblonden Schnauze, die sich zum Brausen der Orgel zwischen meine langen Sonntagshosenbeine schob, denn seine bläulich rote Nase steckte tief im Gesangbuch. Ich setzte Klaus neben mich auf die Bank und deckte ihn mit meinem zur Seite geklappten Jackett zu. Er schien zu schlafen. Schlaft ihr schon? Heh! O, Gott, schon wieder! Ich erzähl euch nie mehr was! *Yorik schläft ein.*

TIL Der Energievorrat beträgt eine Minute. *Yorik schläft.* Yorik! Letzter Mensch! Wach auf!

YORIK Was? O, ja. Ich bin noch wach. Als nun der Kirchendiener seinen violetten goldbestickten Klingelbeutel an langer schwarzer Stange in unsere Bank hinein bis zu mir vorschob, sprang Klaus mir plötzlich auf den Schoß und von dort mit dem Hintern voran in den Klingelbeutel hinein, daß nur noch Schnauze und Beinchen hervorsahen, die er wie wild hin- und herzucken ließ. Dem Kirchendiener traten vor Entsetzen die Augen heraus. Er glaubte wohl, daß der leibhaftige Satan in seinen Klingelbeutel gefahren sei und ließ ihn fallen. Als der sich auf dem roten Kirchenteppich nun auf ihn zu bewegte, geriet er vollends in Panik und lief von seinem Klingelbeutel verfolgt zur Kirche hinaus. *Yorik stirbt. Er spricht nur noch mit großer Mühe.* So kamen wir zu Hundertzweiunddreißig Mark. Die konnten wir gut brauchen. Klaus war ein Leckermaul wie ich. Wir kauften Nüsse, Artischockenherzen, Wachteleier, Avocadocreme, kandierte Früchte. Und was das Tollste ist: Klaus wächst nicht, bleibt ein kleines Ferkel, aber seine Klugheit wächst von Tag zu Tag. Er ist mein bester Freund. Ah! Hört ihr? Wacht auf! Ich sterbe! Sagt Mutti –!

Die Abenteurer

Der Tod steht in seinem Nachen und wartet. Zwei grölende Gesellen kommen die Uferböschung herab, entdecken den Nachen und machen es sich auf seiner Rückbank bequem.

DER EINE Ist egal, wohin.
DER ANDERE Hauptsache, was los.

Der Tod stößt vom Ufer ab.

Der Tod des Narren

Ein alter Narr stirbt mitten im Publikum.

NARR Ja, ja, es ist für mich soweit. Tut nicht so. Ihr wißt es alle. Ihr glotzt. Faßt euch. Es bleibt nichts anderes für euch, als meinen letzten Wunsch zu hören. Also hört:

Ich will nicht unter die Erde, den Würmern zum Fraß!

Ich will nicht ins Wasser zu den schleimigen Olmen!

Gebt mich dem Feuer und streut meine Asche in alle vier Winde!

Laßt mich weiterwirbeln über die kaum erkaltete Kruste dieser lausigen Erde!

Der Narr stirbt, wird feierlich verbrannt und seine Asche in alle vier Himmelsrichtungen ins Publikum gestreut. Nach dieser Zeremonie hört man seine Stimme von überall her.

Mein Publikum! Mein geliebtes Publikum! Es atmet mich ein! Ich verteile mich auf die Lungen meiner Liebsten! Das Leben geht weiter! Hört ihr mich nicht schon aus eueren Hälsen herauslachen?!

Notiz des Autors

In seiner Eröffnungsrede zu einer Ausstellung sagte mein alter Mitstreiter, der jetzige Professor für Karikatur und Bildgeschichte an der Hochschule für Bildende Künste in Berlin, Fritz Weigle, zu meinen Zeichnungen: »Im genaueren literarischen Sinne betrachte ich Waechter als Dramatiker. Als Theatermacher. Seine Blätter sind Inszenierungen. Mit allen dramatischen Mitteln sind das Vorher, das drumrum und, sofern nicht gerade eine Pointe explodiert, auch das Nachher gegenwärtig.« Dieser Lichtblick brachte mich darauf, meine gezeichneten Geschichten auf ihre Spielbarkeit hin abzuklopfen. Das funktionierte fast immer. Für die meisten meiner Einfälle erweist sich allerdings die Zeichnung als die knappere und glücklichere Form. Wo ich aber durch die Übersetzung zu einer Theaterszene neue und andere Möglichkeiten der Darstellung, einen neuen Witz, eine andere Wirkung sah, übertrug ich die gezeichnete Geschichte in das dramatische Medium. Dies all denen zur Erklärung, denen einiges womöglich bekannt vorkommt.

FKW

Bitte beachten Sie
auch die folgenden Seiten

Friedrich Karl Waechter im Diogenes Verlag

Friedrich Karl Waechter, geboren 1937 in Danzig, ausgebildet als Grafiker in Hamburg, war ab 1962 Mitarbeiter bei Zeitschriften wie *Pardon, Konkret* und *Twen.* Sein berühmter *Anti-Struwwelpeter*, als progressives Gegenstück zu Heinrich Hoffmanns *Struwwelpeter* aus der Mitte des 19. Jahrhunderts, erschien 1970, von 1974 bis zu seinem Tod 2005 in Frankfurt am Main machte Waechter auch Filme und Theaterstücke für Kinder, vor allem für den Verlag der Autoren. Die ihm häufig gestellte Frage »Ist das für Kinder oder Erwachsene?« kam ihm seltsam vor. Hier seine endgültige Antwort: »Ich schreibe und zeichne für alle, die mal fünf waren, noch Erinnerungen daran haben und gern neunundneunzig werden wollen.«

Bilderbücher für Kinder (und Erwachsene):

Der Anti-Struwwelpeter
oder listige Geschichten und knallige Bilder

Da bin ich

Der rote Wolf

Der Kleine im Glaspott

Bilderbücher für Erwachsene (und Kinder):

Mein 1. Glas Bier

Wahrscheinlich guckt wieder kein Schwein

Die Geschichte vom albernen Hans

Der Frosch und das Mädchen
Ein kurzer Roman über die längste Geschichte der Welt

Steinhauers Fuß
Ein Märchen

Die Schöpfung

Der Affe des Strandfotografen

Prinz Hamlet

Vollmond

Alles klar?
Ausgewählt von Daniel Keel und Daniel Kampa

Waechter
Das Lebenswerk von F.K. Waechter in 589 Bildern aus 37 Jahren

Wilhelm Busch im Diogenes Verlag

Joachim Ringelnatz im Diogenes Verlag

1883 in Wurzen geboren, zeigte Hans Bötticher, der sich später Joachim Ringelnatz nannte, schon in der Kindheit Spürsinn fürs Abenteuerliche und Skurrile. Nach der Schulzeit fuhr er vier Jahre lang als Schiffsjunge und Matrose zur See und machte den ersten Weltkrieg als Kommandant eines Minensuchbootes mit. 1920 taucht er in der Münchner Boheme auf und rezitiert im ›Simpl‹ der Kathi Kobus. Dort entdeckt ihn Hans von Wolzogen für seine Berliner Kleinkunstbühne ›Schall und Rauch‹. Entscheidenden Erfolg erringt Ringelnatz mit den *Turngedichten* und den Liedern vom Seemann ›Kuttel Daddeldu‹. Als reisender Artist trägt er überall seine Verse vor und wird zu einem Klassiker des deutschen Humors. 1933 Auftrittsverbot und Beschlagnahme seiner Bücher. Völlig mittellos geworden, stirbt er 1934.

»Jemand schrieb einmal über Ringelnatz: ›Er hat den Stein der Narren entdeckt (welcher dem der Weisen zum Verwechseln ähnlich sieht).‹ Der Jemand war ich, aber die Formel hat trotzdem ihre Richtigkeit. Joachim Ringelnatz war rundherum ein absonderliches Exemplar Mensch, in Erscheinung und Wesen, in seinem Leben und Dichten. Ein Eulenspiegel, wenn auch einer aus Sachsen, mit koboldischer Lust am Durcheinanderbringen von Sinn und Unsinn. Sein Humor hatte eine derbe und eine sublime Seite, und unnachahmlich bleibt die geistige Grazie, mit der er von der einen zur anderen hinüberwechselte.«
Alfred Polgar

»Ein adliger Schwärmer edler Art mit einem Dichterherzen und einem kleinen Vogel im ritterlichen Kopf.«
Hermann Hesse

»Wer hat so viel Achtung und Liebe vor fremdem Leben, vor der fremden Fülle, der Wichtigkeit der andern, den Mikrokosmen der andern...?«
Kurt Tucholsky

Das Gesamtwerk in sieben Bänden in Kassette
Herausgegeben von Walter Pape

Kuttel Daddeldu
Gedichte

Gedichte und Prosa
in kleiner Auswahl

Die wilde Miß vom Ohio
und andere ungewöhnliche Geschichten. Mit 42 Handzeichnungen von Joachim Ringelnatz

Als Mariner im Krieg

Das Ringelnatz Lesebuch
Herausgegeben von Daniel Keel. Mit einem Nachwort von Anton Kuh

Sämtliche Gedichte

Sämtliche Erzählungen

Sämtliche Erzählungen und Gedichte
in zwei Bänden im Schmuckschuber

Ich habe dich so lieb!
Die schönsten Liebesgedichte. Herausgegeben von Daniel Keel und Daniel Kampa

Meistererzählungen
Ausgewählt von Winfried Stephan

Das große Ringelnatz-Buch
Die schönsten Gedichte und Geschichten mit vielen Bildern von Tatjana Hauptmann

Loriots Werke im Diogenes Verlag

»Was ich an Loriot mag, ist seine Intelligenz. Was ich am meisten an seinem Werk bewundere, ist die Art, wie gut alles gemacht ist – wie gut es gearbeitet ist, hätte ich beinahe gesagt, als wäre er ein Handwerker, ein Goldschmied etwa –, und meine damit nicht einen Oberflächenglanz, sondern das Wohldurchdachte, das durch und durch Ausgetüftelte, das mit Raffinement und größter Sorgfalt Erzeugte seiner Produktion.«
Patrick Süskind

Loriots Gesammelte Werke
in vier Bänden in Kassette. Alle Bände auch als Einzelausgaben:

Loriots Großer Ratgeber
500 Abbildungen und erläuternde Texte geben Auskunft über alle Wechselfälle des Lebens

Loriots Heile Welt
Neue gesammelte Texte und Zeichnungen zu brennenden Fragen der Zeit, erstmals ›Loriots Telecabinet‹

Loriots Dramatische Werke
Texte und Bilder aus sämtlichen Fernsehsendungen seit ›Loriots Telecabinet‹

Möpse & Menschen
Eine Art Biographie

Außerdem liegen vor:

Fußballfieber
Ein Daumenkino

Sehr verehrte Damen und Herren…
Bewegende Worte zu freudigen Ereignissen, Kindern, Hunden, weißen Mäusen, Vögeln, Freunden, Prominenten und so weiter. Herausgegeben von Daniel Keel. Ausführlich erweiterte und vollständig überarbeitete Neuausgabe

Loriot
Katalog zu Loriots 70. Geburtstag. Mit einem Vorwort von Patrick Süskind und einem Nachwort von Loriot

Herren im Bad
und sechs andere dramatische Geschichten

Große Deutsche
Circa acht Portraits. 12 Einzelblätter in Mappe

Loriots Kleiner Opernführer
54 Opern fast vollständig erzählt sowie Texte rund um die Oper. Vom Autor ergänzte und überarbeitete Neuausgabe

Loriot und die Künste
Eine Chronik unerhörter Begebenheiten aus dem Leben des Vicco von Bülow zu seinem 80. Geburtstag. Herausgegeben und mit einem Vorwort von Daniel Keel

Männer und Frauen passen einfach nicht zusammen
Ausgewählt von Daniel Keel und Daniel Kampa

Gesammelte Prosa
Alle Dramen, Geschichten, Festreden, Liebesbriefe, Kochrezepte, der legendäre Opernführer und etwa zehn Gedichte. Mit einem Vorwort von Joachim Kaiser und einem Nachwort von Christoph Stölzl

Werkausgabe in Einzelbänden:

Loriots Kleine Prosa
Mit vielen Zeichnungen des Verfassers

Loriots Kleiner Ratgeber
Korrektes Verhalten in allen Lebenslagen

Herzliche Glückwünsche
Ein umweltfreundliches Erzeugnis

Der gute Ton
Das Handbuch feiner Lebensart in Wort und Bild

Für den Fall…
Der neuzeitliche Helfer in schwierigen Lebenslagen in Wort und Bild

Der Weg zum Erfolg
Ein erschöpfender Ratgeber in Wort und Bild

Auf den Hund gekommen
38 lieblose Zeichnungen. Eingeleitet von Wolfgang Hildesheimer

Umgang mit Tieren
Das einzige Nachschlagewerk seiner Art

Wahre Geschichten
erlogen von Loriot

Nimm's leicht!
Eine ebenso ernsthafte wie nützliche Betrachtung in Wort und Bild

Der gute Geschmack
Erlesene Rezepte für Küche und Karriere

Neue Lebenskunst
in Wort und Bild

Menschen, die man nicht vergißt
Achtzehn beispielhafte Bildergeschichten

Szenen einer Ehe
in Wort und Bild

Von Loriot illustriert:

Reinhart Lempp
Eltern für Anfänger
Kinder für Anfänger
Enkel für Anfänger
Kinder können nerven
Ein Handbuch für gestresste Eltern. Über Familie, Schule und Gesellschaft

Paul Flora im Diogenes Verlag

»Auf dem Gebiet der europäischen Kreuzschraffur hat es bisher keiner gewagt, ihm den führenden Platz streitig zu machen. Flora ist kein schwarzer Humorist. So einfach macht er es sich nicht. Er ist ein sanfter Grisaille-Meister, der durch den Dienstboteneingang unauffällig Burg, Villa oder Palast betritt, um dem bösen Herrscher oder einem verwandten Finsterling eine kleine, unangenehme Überraschung zu bereiten, einen feinen, tödlichen Nadelstich zu versetzen.«
Peter Winter/Frankfurter Allgemeine Zeitung

»Ein Zeichner, der, obwohl Skeptizist, eher melancholisch als sarkastisch darauf reagiert, daß ihm der Glaube an den Fortschritt der Menschheit abhanden gekommen ist.«
Annette Lettau/Süddeutsche Zeitung, München

»Einer der großen Zeichner unserer Epoche.«
Georg Ramseger/Börsenblatt, Frankfurt

Zeichnungen
Eine Retrospektive, veranstaltet von Daniel Keel. Mit einer Hommage von Friedrich Dürrenmatt

Dies und das
Nachrichten und Geschichten
Ausgewählt von Daniel Keel

Zeichnungen 1938–2001
Ein Jubiläumsband
Mit einem Essay des Autors

Stille Bilder

Tomi Ungerer im Diogenes Verlag

Bilderbücher für Erwachsene:

Kompromisse

Babylon
The Book To End All Books

Das Kamasutra der Frösche

Slow Agony

Heute hier, morgen fort
Here today, gone tomorrow. Deutsch von Hans-Joachim Hartstein und Christa Hotz

Tomi Ungerer
Eine Retrospektive, veranstaltet von Daniel Keel. Mit Texten von Friedrich Dürrenmatt, Manuel Gasser, Walther Killy und Tomi Ungerer

Die Gedanken sind frei
Meine Kindheit im Elsaß

Es war einmal mein Vater
Deutsch von Ulrich Hartmann. Mit einem Nachwort von Thérèse Willer

Expect the Unexpected

Zvi Kolitz/Tomi Ungerer
Jossel Rakovers Wendung zu Gott
Jiddisch-Deutsch. Aus dem Jiddischen übertragen, herausgegeben und kommentiert von Paul Badde. Mit Zeichnungen von Tomi Ungerer

Bilderbücher für alle:

Das große Liederbuch
204 deutsche Volks- und Kinderlieder, gesammelt von Anne Diekmann, unter Mitwirkung von Willi Gohl, mit 156 bunten Bildern von Tomi Ungerer

Das große Katzenbuch
Die schönsten Geschichten, Gedichte und Aphorismen aus der Weltliteratur. Ausgewählt von Anne Schmucke, mit vielen Bildern von Tomi Ungerer

Katzen

Vögel

Bilderbücher für Kinder:

Crictor die gute Schlange
Deutsch von Hans Ulrik

Die drei Räuber
Deutsch von Tilde Michels

Der Mondmann
Deutsch von Elisabeth Schnack

Zeraldas Riese
Die Bekehrung eines Menschenfressers. Deutsch von Anna Cramer-Klett

Der Hut
Deutsch von Claudia Schmölders

Das Biest des Monsieur Racine
Deutsch von Hans Manz

Papa Schnapp und seine noch-nie-dagewesenen Geschichten
Deutsch von Anna Cramer-Klett

Kein Kuss für Mutter
Deutsch von Anna Cramer-Klett

Allumette
Deutsch von Anna Cramer-Klett

Das kleine Kinderliederbuch
Die schönsten Kinderlieder, gesammelt von Anne Diekmann, mit Bildern von Tomi Ungerer

Tomi Ungerers Märchenbuch
Deutsch von Hans-Georg Lenzen, Gerd Haffmans und Hans Wollschläger

Flix
Deutsch von Anna Cramer-Klett

Tremolo
Deutsch von Anna Cramer-Klett

Otto
Autobiographie eines Teddybären. Deutsch von Anna Cramer-Klett

Die blaue Wolke
Deutsch von Anna Cramer-Klett

Die Abenteuer der Familie Mellops
Fünf Geschichten in einem Band: ›Mr. Mellops baut ein Flugzeug‹, ›Die Mellops auf Schatzsuche‹, ›Familie Mellops findet Öl‹, ›Die Mellops als Höhlenforscher‹, ›Familie Mellops feiert Weihnachten‹. Deutsch von Anna Cramer-Klett

Neue Freunde
Deutsch von Anna Cramer-Klett

Außerdem erschienen:

Johanna Spyri
Heidis Lehr- und Wanderjahre
Mit vielen Zeichnungen von Tomi Ungerer

Sempé im Diogenes Verlag

Jean-Jacques Sempé wurde am 17. August 1932 in Bordeaux geboren. Mit 19 fand er zu seinem Beruf, Zeichner, obschon er damit auf Traumberufe wie Jazzmusiker, Dirigent oder Fußballspieler verzichten mußte. Seine Zeichnungen erschienen in vielen Zeitschriften. Er lebt seit langem in Paris. Unumgänglich ist es, zusammen mit Sempé Namen wie René Goscinny, Patrick Modiano und Patrick Süskind zu erwähnen. Ohne sie wären Figuren wie die kleine Tänzerin Catherine, Herr Sommer und vor allem der kleine Nick undenkbar.

»Als einfühlsamer Menschenbeobachter zeigt er ironisch-melancholisch die Mißverhältnisse von Mensch und übertechnisierter Hochhaus- und Autokultur auf, macht die Gegensätze des friedlichen Bürgers und des bedrohlichen Großstadtrummels, das kleine Glück des Einzelnen und das konsumdiktierte der Gesellschaft sichtbar. Er zeichnet die großen Sehnsüchte, aber auch die Schwächen der Menschen und ihre eingeengten Möglichkeiten. Sein Humor entsteht meist aus dem Zusammenprall zwischen einer unpersönlichen Konsumwelt und dem von ihr erfaßten Einzelnen. Diese bewegt graziösen, zugleich distanzierten Bilder erteilen keine Botschaft, predigen keine Moral, sondern bringen den Betrachter zum Schmunzeln und stimmen ihn nachdenklich.« *Mirjam Morad / Wiener Zeitung*

Carlino Caramel
Aus dem Französischen von Anna Cramer-Klett

Das Geheimnis des Fahrradhändlers
Deutsch von Patrick Süskind

Schöne Aussichten
Deutsch von Anna Cramer-Klett

Sempé's Paris

Sempé's Musiker
Veränderte und stark erweiterte Neuausgabe

Heiter bis wolkig
Deutsch von Anna Cramer-Klett

Für Gartenfreunde

Sempé's Frankreich

Für Bücherfreunde

Patrick Süskind & Sempé
Die Geschichte von Herrn Sommer
Mit Bildern von Sempé

Sempé illustrierte außerdem sämtliche Nick-Geschichten von René Goscinny, ins Deutsche übertragen von Hans Georg Lenzen:

Der kleine Nick

Der kleine Nick und seine Bande

Der kleine Nick und die Schule

Der kleine Nick und die Ferien

Der kleine Nick und die Mädchen

Neues vom kleinen Nick

Der kleine Nick ist wieder da!

Außerdem als Diogenes Hörbuch erschienen:

Der kleine Nick erlebt eine Überraschung

Der kleine Nick ist der Beste

Der kleine Nick spielt Fußball

Der kleine Nick räumt auf

Der kleine Nick ist wieder da!

Der kleine Nick macht Hausaufgaben

Alle Hörbucher gelesen von Rufus Beck